눈물로 씻어 낸 가슴에는 새로운 꽃이 피어나리

성 베네딕도회 왜관 수도원 폴리카르포 신부님 묵상,
무심의 다스림

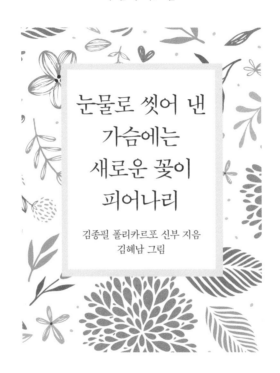

눈물로 씻어 낸 가슴에는 새로운 꽃이 피어나리

김종필 폴리카르포 신부 지음
김혜남 그림

포르체

일상을 짓는 무심의 다스림

저는 시골에서 기도하고 일하는 베네딕도 수도회의 수도자요, 가톨릭교회 신부(사제)입니다. 때때로 허름한 작업복 차림으로 막노동을 하는 사람이기도 합니다. 장마에 허물어진 돌 축대를 다시 쌓고, 정원이나 농원에 거름을 섞어 넣고, 제초 작업이나 하수구를 청소하기도 하는데, 이런 일들이 사계절이 순환하듯이 이어집니다. 그럴 때, 수도원을 찾아오신 분 중에는 누군가를 찾다가 다가와서 말을 건네기도 합니다.

"수도원의 신부님을 만나 뵈었으면 하는데요."
"저도 신부인데요."
"아, 신부님이세요?"

"신부님이 어떻게 이런 일들을 직접 다 하셔요?"

"예, 즐기면서 하지요.

"신부님이신 줄 몰랐어요."

"가끔 그런 말을 들을 때가 있어요."

"어떻게 집 울 안에 있는 그 큰 바윗덩이를 덜어 낼 생각을 했어요?"

"그렇지요. 그 바윗덩이가 그 자리에서 몇천 년, 몇만 년, 아니 그 이상이 되었을 수도 있는 지킴이인데."

텃밭 한가운데에 있는 큰 바윗덩이를 들어내는 일이나 아름드리 나무를 베는 일은 결코 쉬운 일이 아닙니다. 그런 일을 피해 갈 길이 없을 때는 미리 준비 작업을 합니다. 바위나 나무, 그들과 소통하고 자 미리 나의 계획을 그들에게 알려주고, 또 그들이 나에게 이야기 해 주고 싶어 하는 것을 경청하려고 합니다.

나무나 화초를 심고 잘 가꾸기 위해서도 사계절(四季節)에 따른 햇볕이나 풍향의 영향, 지형·지세나 토양의 상태, 날씨의 변화 등을 잘 알아차려 분별해야 하거든요. 무엇보다도 그들과의 소통으로 안전에 주의를 기울이고 그런 감각으로 깨어나기 위하여 준비하는 시간이 필요하니까요. 하지만, 자연 앞에서 의미를 헤아리게 되는 삶의 한 마루에 서면, 여일하게 부끄러움이 앞서고, 배움은 끝이 없다는 것을 알아차리게 되지요.

"기도하고 일하라(Ora et Labora)"라는 좌우명으로 사는 베네딕도 수도원의 수도자들은 소중한 기도 생활만큼이나 육체노동도 소중히 여겨 정성스레 일하면서 살아갑니다. 부지런히 노동하는 삶은 현재와 미래를 새롭게 열어 향하게 하는 이치로 생각됩니다. 물리적으로나 정신적으로 숨 막히는 삶 중에, 다시금 생명의 숨결로 희망하게 하는 삶의 지름길은 하늘을 우러르며 땅에 굳건하게 두 발을 딛고 행하는 육체노동이라고 생각하니까요.

밝은 달빛

산천에 노니는 밤이면

부끄러움 홀로

꿈길에 은파처럼 원무를 추다가

어둑새벽에 다시

눈빛에 물기 어리지요.

한설 바람

문마다 두드리는 밤이면

부끄러움 홀로

이부자리로 기어들다가

어둑새벽에 일어나

온몸으로 안부하지요.

코러스의 기도 소리

가슴에 메아리칠 때이면

부끄러움 홀로

"아빠, 아버지!" 하느님의 현존 앞에

어둑새벽에 숨죽여

온 존재로 부복하지요.

우주적인 경이로움

인연 길에 내릴 때면

부끄러움 홀로

검은 밤 하얗게 지새우다가

어둑새벽에 믿음 희망 사랑으로

오늘에 달아 들지요.

　　　－폴리카르포, 〈부끄러움 홀로〉

내 누님 수녀님은 "너희는 세상의 소금이다"라는 은닉성의 신비를 사시는 구도자입니다. 내 누님 수녀를 잘 알고 있는 KDTA의 설립자인 류분순 교수님이 한 줌의 재로 사라질 수 있는 나의 글들을 살려냈습니다. 그리고 정신과 의사 김혜남 선생님이 오랜 파킨슨병의 고통 중에도 틈틈이 작업하신 그림들로 기쁘게 함께해 주셨습니다. 인연 길에 불현듯 다가온 포르체 박영미 대표님에게도 감사드립니다.

2022년 10월 화순 수도원에서
김종필 폴리카르포 수사신부

목차

1장

자연 속의 겸허함

호수 위의
햇살

희망이 눈뜨는 아침입니다.

가을이 시작되던 어느 날의 독백이 되살아납니다.

"좀 더 머무르게 하고픈 지난 여름……"

쪽빛 하늘을 달려 내려와 솔가지에 머무는 바람처럼

늘 아쉬움으로 내림하던 삶의 이야기는

우주적인 신비에 무엇을 더하는 노래입니까?

풀 이슬을 빛나는 보석으로 바꾸어 놓는 아침 햇살처럼

바다 같은 마음이 어린아이의 눈동자처럼

반짝이게 하는 삶의 시간은 누구의 선물입니까?

불꽃 같은 가슴으로 또 하나의 자아를 만나듯이

사랑으로 타오르게 하는 이 마음의 님은 누구입니까?

웃음소리 산골짜기 타고 흐르는 물처럼 구르고

눈물로 씻어내고 또 씻어내는 그 한 가슴은

창조의 순간을 재연하는 호수 위의 햇살입니까?

별 아기
이야기

바람의 기운을 잃어 땅으로 가라앉는 연처럼

하루 온종일 소명의 길 달리느라

지쳐버린 몸과 마음을 싣고

묵상으로 제대를 향합니다.

닫힌 방,

잠자리에서 깨어 일어나

두리번거리며 찾고 부르다가 다시 지쳐서

눈물로 뒤범벅이 된 얼굴 하나

푯대 위의 깃발처럼 드러내 놓고

잠들어 버린 별 아기의 이야기가

달빛 타고 흐릅니다.

앙상한 상수리나무

끄트머리로

동천을 열어 젖히다

피어오르는 붉그레한 기운은

별 아기 같은 내 마음입니다.

한 잎의
단풍이 되어

나는 한 잎의 단풍입니다.

내가 오늘의 모습을 지니게 되기까지는 내 안에 많은 사연의 이야기가 있습니다.

바람이 몹시 차갑고 눈발이 휘날리던 그날들에 나는 나의 보금자리에 웅크리고 들어앉아 새로운 세계를 꿈꾸고 있었습니다.

따스한 햇살이 내리던 어느 날 나는 내 모습을 드러내기 시작했습니다. 봄날의 이런 햇살이 좋았습니다. 반사되는 내 모습을 바람이 반기면서 간지럽혔습니다. 나는 터져 나오는 웃음을 참을 길이 없었습니다. 하지만 세상을 향한 삶이 수월하지만은 않았기에 나는 마냥 웃고 즐기고 있을 수만은 없었습니다.

곧 이어서 꽃샘추위를 만나야 했거든요. 내가 잎새로 피어날 때 내 온몸에는 기름기가 자르르 흐르는 듯 윤기로 빛나고 있었습니다. 어린아이들이 눈동자를 빛내듯이 내 모습은 그렇게 반짝였습니다. 내가 바람과 함께 속삭이고 있던 어느 날엔 새들의 노랫소리를 들을 수 있었습니다. 아! 그 노랫소리는 개울가의 물소리와 어우러져 정말로 아름다웠습니다.

여러 가지 새들의 노랫소리를 듣고 즐기는 가운데 나는 어느덧 곱게 물든 지금의 내 모습과 같은 크기로 자라났습니다.

먹구름 속에서 번개가 치고 천둥이 울 땐 많이 놀라기도 했습니다. 내 이웃에 있던 다른 친구들은 비바람의 무게를 견디어 내지 못하여 떨어져 나가기도 했습니다. 새파란 청춘의 나이에……. 때로는 휘몰아치는 바람 속 가지째 찢어져 나가는 비명소리에 가슴이 찢어지는 아픔을 부둥켜 안아야 했던 때도 있었습니다. 나는 몹시 괴로웠습니다.

하지만 나는 운이 좋게도 이 가을이 오기까지 이렇게 나뭇가지에 붙어 있을 수가 있었습니다. 그리고 나에게 주어진 역할과 내가 해야 하는 일에 충실할 수가 있었습니다. 나처럼 자기가 해야 할 일을 행한 친구들의 모습 안에 하느님의 선물이 내렸습니다. 빨간 잎새로, 노란 잎새로, 제 나름의 빛깔로 화사하게 차려입을 수 있는 선물이었습니다.

나의 이런 모습을 사람들이 좋아한다는 것을 알고 있습니다. 나와 같은 이런 고운 빛깔로 물들은 단풍이 넘실거리는 산천으로 사람들이 여행을 가곤 한다는 것을 우리는 압니다. 그러나 그 아름다움의 내면에 자리한 우리의 고뇌와 애환을 아는지는 모르겠습니다.

이제 떨어져 나가는 나를 바람에 맡겨 둘 수밖에 없지만 나는 더 이상 고독하지 않습니다. 뒹구는 내 모습 안에 해야 할 일을 충실히 했다는 충만감에 젖어 있으니까요. 나는 곱게 떨어져 나가는 한 잎의 단풍입니다.

다무암

　다무암을 향합니다. 저절로 말라 꺾이며 떨어진 소나무 가지 하나를 주워 들고 얼굴에 와 닿는 거미줄을 걷어 내면서 가파른 비탈길을 오릅니다. 여기저기서 들려오는 풀벌레 소리들이 목마른 그리움으로 높푸른 하늘로 향합니다.

　다무암으로 향하는 길에 풀숲의 하얀 들국화, 자줏빛 초롱꽃, 붉고 노랗게 물든 잎새들, 오늘은 유난히도 아름다운 새들의 노랫소리가 곳곳에서 들려옵니다. 다무암에 다다르자마자 이내 곧 호수 쪽으로 끝 간 바위에 등을 기대어 눕습니다.

　올려다보는 동녘 하늘에는 온통 장미 꽃송이 같은 구름으로 쪽빛 하늘을 수놓고 있습니다. 역광으로 비치는 아침 햇살을 받은 장미꽃 구름 송이송이는 님의 여행길을 위하여 마련된 내 마음이 담긴 하늘의 선물처럼 여겨집니다.

더욱더 아름다운 풀벌레들의 노랫소리에 장미꽃의 형상으로 피어난 사랑의 순간을 위하여 움직임을 멈추듯이 다무암 호반은 말 없는 고요 중에 그 하늘을 저렇듯 담아내고 있습니다.

발끝에 와 닿는 어린 관목 한 그루의 속삭임이나 쪽빛 하늘을 배경으로 피어 있는 장미 꽃구름의 속삭임이 바람의 암호인 양 귓전에 여운을 남기며 스쳐 지나갑니다.

하늘을 올려다보는 사람은 누구나 나를 만날 수 있다고, 좋다–싫다, 옳다–그르다, 하는 분별심만 놓아 버린다면 언제나 본인들의 이야기를 해독할 수 있으리라고 말입니다.

풀벌레들의 노랫소리, 한천 모시를 펼쳐 놓은 듯한 장미꽃 구름 주변으로 새들이 날아오를 때, 호수에 일어나는 물결은 곱게 주름 잡힌 여인의 손등 같은 수면을 이루는데, 무엇을 보았는가 쏜살같이 달려가는 청둥오리 두 마리가 새로운 파장을 일으킵니다.

내가 알 수 없는 필요성에 따른 움직임이겠지요. 다시 고요해진 면경수 같은 호반에 하늘의 구름 형상들이 나래를 접습니다. 오늘 따라 가지각색의 새들의 노랫소리가 애간장을 울려 내는 아침 기도입니다. 먼 길 나선 님의 일이 잘되라고 하늘을 담아내듯 하늘로 향하는 음악입니다. 태양의 광채를 타고 날면 한순간에 가닿으리오만⋯⋯.

산에서 내려오는 길에 수목 사이에서도 당당하게 피어 있는 새하얀 들국화의 수려한 모습을 바라보다가, 바라보다가 그저 바라보기만 하고 탄성의 가슴을 선물받은 것에 감사하면서 그냥 내려오다가, 자색빛 초롱꽃 옆에 피어 있는 새하얀 들국화 두 송이 잎새를 세어 보니 하나는 꽃잎이 17개, 하나는 23개, 저만큼 다 아름다웠습니다.

황금으로 수놓은 듯한 뒤뜰의 국화꽃이 재벌의 황금보다도 더 귀한 자태를 드러내며 피어나고 있습니다. 금송화와 어우러져 청동 고옥에 내린 하늘의 선물 같습니다. 들판에 황금 물결을 이루었던 나락(벼)이 거두어지는 추수의 뒤끝을 우리 집 뒤뜰에서 또다시 펼쳐 보이시듯 선사하는 하느님의 미소가, 사랑에 물든 하느님의 얼굴인 오색 창연한 단풍을 위하여 솔거°의 그림 같은 이야기를 불러일으킵니다.

• 신라 시대의 화가. 그림이 실물처럼 너무 생생해서 나무 그림에 새가 앉으려다가 부딪혀 죽거나 벌레 그림을 닭이 쪼았다는 일화가 전해진다.

소국과
아버지

　높푸른 가을 하늘 아래 피어나는 소국, 새하얀 작은 국화꽃이나 샛노란 작은 국화꽃을 볼 때면 나는 봄이면 대문 곁에 소국을 심으시고, 가을이면 그 꽃을 반겨 즐기시던 아버지의 얼굴이 떠오릅니다. 이 아침에는 구름 사이로 터져 나온 햇살에 그 국향을 선물로 실어 보내드립니다.

차 밭에서

차나무 자라는 터에

잡목 순이 무성하니

햇순 따러 갔던 맘엔

성가심이 찾아드나

숨바꼭질 놀이하듯

이리저리 살펴올 제

윤기 어린 고운 잎새

나도 몰래 웃음 짓네

차밭에서 바라다본

연못 위에 하얀 수련

이내 맘에 내림하는

차향 같은 님의 마음

헐렁한 바지 아래

하얀 맨발 드러나니

님 그리는 마음 터에

사랑의 삶 일어나네

스산한 바람
– 바람이 스쳐 간 날

맑은 햇살 푸른 오월의 하늘 아래
가슴에 한 줄기 스산한 바람이 스쳐 간 날입니다.

흘러드는 물길이 끊기지 않는 한 물레방아 돌아가듯이
자신의 삶의 굴레에서 정성을 다하는 것이
에너지를 일으켜 누군가에게로 향하게 할 수 있는
길이라고 믿으며 살아왔습니다.

참는다는 것
끝없는 인내의 길로 향한다는 것
그러나 끝내 그렇게 하지 못한
자신의 한계를 깃발처럼 펄럭이게 될 때
그 소리는 찢어지는 아픔으로 이어졌습니다.

불유쾌한 감정으로 치닫게 하는 그 어떤 습성 앞에서

덫에 걸린 듯이 느끼게 되는 압박감을

언제나 아무렇지도 않은 듯이

풀어 낼 수 있는 사람이 더러 있긴 하겠지만

나는 아직 그렇게까지는 성숙하지 못하였음을

다시 확인하듯이 직면하게 되는 순간은
벼랑 끝에서 돌풍을 만난 듯이 당혹스러웠습니다.

누군가의 말이 비아냥거리듯이 들려오고
누군가의 태도가 깐죽거리듯이 다가올 때면
분노의 태양으로 가슴은 사해(死海)처럼 변하고
세월의 풍상 앞에 선 만리장성 같은 사랑도
짙은 안개 속의 등대처럼 제 구실을 못하게 되나 봅니다.

그러나 바람에 출렁대는 파도같이
끝내 하얀 물거품으로 본향(本鄕)에 내림합니다.

하얀
수련

어둠이 채 가시지 않은 순간에 눈을 뜨면서 몸에 밴 십자성호를
긋습니다.

의식을 차리면서 다시금 느끼게 되는 것은 가슴에 돌탑을 쌓아 올
리는 중압감입니다.

앞뜰의 수목 사이에 피어 있는 백합이 눈물에 젖습니다.

녹빛에 둘러싸인 연못의 하얀 수련은 웃음을 잃습니다.

뒷산 중허리 바위에 앉아 내려다보는 호수의 물결은 근심스레 출
렁댑니다.

바람이 적지 않게 불고 있으나 말을 잃은 나의 인생 숲을 위하여.

투명한 것. 말끔히 속이 비어 있는 것만이

슬픔이라 불릴 자격이 있지.

−김재진, 《어느 시인 이야기》, 책만드는집, 2003

단풍

갈바람에 뒹굴던 단풍은

가을비에 가부좌 틀고 앉아

달려온 한 해를 되돌아보는 듯합니다

수묵화로 채색된 하늘 바람으로

옷깃을 여미듯이 추스르는 마음에

이제야 숨결 고르는

단풍의 뒷모습이 새겨집니다

흰 솜을 얻기 위해서는 목화 씨앗이 더없이 소중하나 그 씨앗으로 옷을 지을 수는 없고, 그 씨앗에서 비롯되는 하얀 솜이 필요하듯이 사랑의 따스함으로 가슴에 전달되기 위해서는 사랑의 진실과 그에 알맞은 배려로 드러나는 언행을 헤아리게 됩니다.

떨어져 뒹굴다 끝내 흙으로 되돌아가는 낙엽의 길에 인생을 비추어 보지 못한 바 아니지만, 바람의 손아귀에 쥐여 이리저리 내몰리고 쥐어박히고 걷어차이다가 어느 구석진 곳에 처박히게 되는 단풍의 이야기를 모르는 바도 아닙니다.

그러나 떨어져 내리는 순간의 자유로움은 어지러움으로 이어지고, 한순간이나마 생명의 순환에 편승하는 혼돈의 기운으로 터뜨리는 절규는 하늘의 별빛에 이슬방울이 맺히게 합니다.

내 가슴에 떠 있는 그 빛으로 말미암아 나는 나의 모든 시름을 잊고 다시 일어설 것입니다.

가을
바람

기다림의 결실을 실어 나르는 가을 바람은

타오르는 촛불에 묻어나는 눈물처럼

아낌없는 사랑을 일구어 온 잎새들을 어루만져

우주의 신비를 지닌 아름다운 단풍으로 변모시킵니다

사계절의 진혼곡으로 피어나는 국화꽃 위에

하느님의 웃음이 묻어나게 하는 갈바람은

오색 빛으로 곱게 물들어 가는 산천을

사랑에 빠진 하느님의 얼굴로 타오르게 합니다.

가을밤에 흐르는 바이올린의 선율같이

그리움에 타는 가슴으로 정원을 거닐 때면

님은 갈꽃들을 스쳐 오는 푸른 갈바람으로

나의 마음에 푸른 잠자리의 이야기를 들려줍니다.

옥천사의 샘물처럼 솟아오르는 님의 사랑은
단풍에 호수의 수면을 끌어안는 갈바람으로
고뇌와 의혹을 휘돌아 사랑의 나이테를 짓고
기도와 일과 놀이가 어우러지는 일상을 선사합니다.

자연의
이치 1

오늘 새벽잠에서 깨어 일어나면서 이렇게 중얼거리고 있는 자신을 만났습니다.

"주님, 주님이 아니시면 아니 되겠습니다. 당신만이 하실 수 있사옵니다. 만사를 선으로 이끄시는 주님."

아침에 무암으로 향했습니다. 이곳을 떠나기 전에 아직 몇 차례더 무암에 오를 수 있다는 생각에 즐거움이 일어났습니다. 그저 감사할 뿐인 하늘과 땅 사이의 무암, 무수, 그리고 내가 있기 때문입니다. 수면을 부드럽게 휩쓸고 나아가는 바람처럼 뜻을 펴는 사랑의시간과 공간이 있기 때문입니다.

성글게 솟아 있는 소나무 밑에 청초한 구절초가 아직도 싱그럽게피어 있습니다. 철모르는 진달래 두어 송이도 활짝 피어 있습니다.물 위의 청둥오리 떼들은 떨어져 나간 나뭇잎처럼 떠돌고 있고, 일어나는 파장은 아침 햇살에 수많은 작은 태양으로 일어섭니다.

돌아오는 길에 연못가에 이르러 보니 뽀얗게 내려 덮인 무서리가 녹지 않은 채 그대로 있었습니다. 무리 지어 이리저리 쏘다니며 조잘대는 작은 새들의 노랫소리도 그 연못가의 대숲 속에서 일어났습니다.

어디선가 소낙비 쏟아지기 직전에 일어나는 굵은 빗방울 떨어지는 듯한 소리가 들려왔습니다. 바람 한 점 없는 가운데 일어난 그 소리는 연못가 대나무 숲 옆에 서 있는 키 큰 갈참나무 잎새들이 떨어져 내리는 소리였습니다. 내 마음에 들려주신 그 진귀하고 장엄한 소리는 나를 격려해 주시는 님의 힘찬 박수 소리 같았습니다. 전설 속의 선경이 눈앞에 펼쳐지는 상쾌한 아침입니다.

추운 겨울을 나야 하는 나무들은 자신이 필요로 하는 최소한의 수분만 몸에 지니고 나머지는 다 내어놓는다고 합니다. 그래야 얼어 죽지 않을 수 있다고요. 인사 발령으로 이동되어 이삿짐 꾸려갈 일을 앞두고 자연의 이치를 생각합니다.

소낙비

기억에 떠오르는 어느 여름날을 들여다봅니다.

소낙비가 억수같이 쏟아져 내리던 그날 오후에

농구장에서 친구랑 둘이서 농구를 했었습니다.

그것도 골대를 하나씩 차지하는 게임을 했습니다.

비는 줄기차게 내리고 우리는 빗속을 뛰어다녔습니다.

머리에서 발까지, 겉옷에서 속옷까지

빗줄기 되어 흐르고 씻어 내렸습니다.

우리는 온몸이 빗물에 허옇게 불어날 때까지 뛰면서

젊음의 열기와 땀을 쏟아 내었고

가슴이 후련해지도록 거친 숨을 토해 냈습니다.

오늘 나의 가슴은 그런 소낙비를 바라고 있었습니다.

하지만 오늘은 푸른 창공에 맑은 햇살이 눈부셨습니다.

창밖으로 내려다보이는 지상의 풍경도 선명했습니다.

그러나 내 가슴엔 씻어 내고픈 뭔가가 일어났습니다.

그것은 좀처럼 지워지지도 사라지지도 않았습니다.

몸과 마음을 씻고 또 씻어 내고픈 고뇌로 인하여

분명히 잘 아는 얼굴들도 의식적으로 피했습니다.

불편한 마음 상태를 들키기라도 할 것만 같아서였습니다.

가슴이 후련해지도록 씻어 내고 토해 내고 싶었습니다.

수련 꽃
이야기 하나

이른 아침 연못가에 이르니

밤하늘의 성근 별 만큼이나 피어난

하얀 수련 꽃들이 나를 반겼습니다.

단 한 송이의 새하얀 수련 꽃만이 피어 있던

열흘 전과는 달리 오늘은

합창 소리가 울려 퍼졌습니다.

열매

몇 년 전에 심은 매실나무에서 열매를 땄습니다. 그 과목 주변에 잡풀도 제거해 주었습니다. 구슬땀으로 옷이 흠뻑 젖게 됐습니다. 그것은 기쁨과 보람이었습니다.

이른 아침, 귓가에 내리는 새들의 노랫소리처럼 마음에 찾아와 사랑으로 향하게 하는 당신은 누구십니까? 짙은 안개에 시야가 가려지는 때에도 산마루 위로 솟아오르는 불그레한 태양처럼 나를 향하여 포근하게 감싸는 당신은 누구십니까?

이 세상의 일로써 아무런 뜻도 없이 그냥 겪고 지나가는 것은 아무것도 없다는 생각입니다. 그 당장에는 확연하게 알아차리는 것이 쉽지 않겠지만 필시 현상을 넘어서 진상으로 나아가는 문을 통과할 때 그 귀한 뜻이 드러나리라고 봅니다.

비

비가 옵니다. 창문을 활짝 열어젖히고 창틀에 팔꿈치를 대고 양손으로 턱을 괸 채 쏟아지는 빗줄기를 응시했습니다. 한동안 그 창가에서 바람에 날리는 작디작은 빗방울을 얼굴에 맞으면서 때로는 약하게 때로는 강하게 내리는 빗줄기 하나하나를 헤아리듯이 바라보았습니다.

폭우가 쏟아지는 때에도 소나무 잎새나 서기목이나 상수리나무, 오동나무, 육손이 잎새들은 말할 것도 없거니와 연약해 보이는 코스모스 잎새들마저도 미동도 하지 않았습니다. 아기가 어미의 품에 편안히 안겨 잠들듯이 자연이 자연의 품으로 되돌아가는 그러한 현상은 숭고한 경외심을 자아내기에 조금도 부족함이 없었습니다.

그러나 바람이 불자, 아주 미미한 바람임에도 불구하고 수목은 출렁이는 파도처럼 너울거리며 비바람 속에서 춤추기 시작했습니다. 몸을 마구 흔들어 대는 것이었습니다. 바람은 나무의 간지러운 곳을 아는가 봅니다.

나무에도 우리 젊은이들의 웃음보가 터지게 하는 겨드랑이나 발바닥 같은 자리가 있나 봅니다. 바람을 일으키는 그분은 산천초목으로 하여금 온몸을 흔들며 자지러지는 웃음보를 터뜨리게 할 줄 아는 개구쟁이나 심술꾸러기의 면모를 드러내시기도 합니다.

잿빛 자갈이 깔려 있는 뒷마당에 줄기차게 쏟아져 내리던 비가 천천히 잦아드는 시간에 느린 속도로 드문드문 방울방울로 미처 흘러내리지 못한 채 고여 있는 물 위에 떨어지면서 둥근 원을 수없이 그릴 때 일어나는 물의 파장이 가장자리로 퍼져나가는 모습 또한 신기합니다. 생사의 여운을 그려 내듯이 일어났다가 사라져 갑니다.

비가 올 때나 바람이 불 때면 자연은 스스로를 얼마나 진솔하게 껴안으며 서로의 가슴에 귀 기울이는지요. 코스모스는 내리는 비를 온몸으로 반겨 맞으며 그 소리를 숨죽여 듣고 있습니다. 그러다가 어느 결에 자기를 흠뻑 적시는 비를 통하여 자기 자신의 소리를 듣는 듯합니다.

귀 기울여 듣기로 말하자면 은은한 향기와 더불어 하얀 꽃 피우는 치자나무도 대나무도 소나무도 상수리나무도 오동나무도 비를 통하여 제 몸의 소리를 듣는 태도는 가히 도인의 경지를 무색하게 합니다.

귀 기울여 듣는 태도가 엄숙하고 장엄하기 이를 데 없습니다. 비는 자연의 품으로 되돌아가는 순간의 아름다운 이야기 마당을 이룹니다.
그러다가 바람이 일 때면 춤을 춥니다. 바람의 강약이나 고저 장단에 맞추어 춤을 춥니다. 산천초목은 바람의 뜻을 이미 벌써 다 알아차리기라도 한 듯이 천지사방으로 너울너울 춤을 춥니다.

뿌리박고 선 채로 추는 춤을 통하여 천지의 기운을 모아 땅으로 전해 줍니다. 이따금씩 부드럽거나 강한 바람이 일어날 때마다 하염

없이 쏟아져 내리는 빗줄기의 여운이 젖은 어머니의 손길처럼 부드
럽게 나의 두 볼을 씻어 줍니다.

고추 모종들에게
들려 준 이야기

어제와 오늘은 얼마 전에 새로 사 온 화분 200개에 화초용 고추 모종을 하나씩 옮겨 심었습니다. 그리고 모판으로 사용했던 6개의 화분에도 두세 포기씩 다시 심었습니다. 그러니까 지난 이틀에 걸쳐 216포기를 옮겨 심어 준 것입니다. 옮겨 심으면서 속으로 다음과 같은 메시지를 그 하나하나의 모종들에게 전했습니다.

"지금 나는 나 혼자만의 기운으로 옮겨 심는 것이 아니란다. 너희들이 지금 나에게서 느끼는 또 하나의 에너지는 바로 내 안에 자리하고 있는 내 사랑하는 님의 에너지란다.

너희들은 지금 서로를 극진하게 사랑하는 우리 사랑의 기운을 받으면서 분가하듯이 각각의 화분에 하나씩 심어지고 있단다.

그러니 스스로의 독립된 삶의 세계를 마음껏 펼치려무나."

무암과
무수

뜨락으로 나가 열엿새 달을 바라봅니다. 느티나무 가지 끄트머리에서 나를 향하는 그 달을 엷은 구름떼가 스치며 지나갑니다.

베를린 필하모니가 연주하는 모차르트의 소나타 협주곡을 들으면서 몸과 마음에 생기를 더하게 하는 음악과 더불어 화초에 물과 거름을 주듯이 정성을 모으는 마음입니다.

화초를 가꾸면서 인간이 제 아무리 정성을 다 쏟아도 하늘의 은혜에 비길 바가 못 된다는 것, 또한 하늘의 뜻에 부합되어야 한다는 것을 알아차리곤 합니다. 파도처럼 일렁이는 마음으로 시집을 펼쳐서 그 한 구절을 다시 음미합니다.

"하늘이 이 세상을 내일 적에 그가 가장 귀해하고 사랑하는 것들은 모두 가난하고 외롭고 높고 쓸쓸하니 그리고 언제나 넘치는 사랑과 슬픔 속에 살도록 만드신 것이다."

–백석, 《흰 바람벽이 있어》, 새움, 2018

오랜 시간 몇 가지 자료를 만드느라 거의 대부분의 시간을 책상 앞에서 보내고 있습니다. 무암(無岩)에 오르지 못한 것이 벌써 한 달이 됐습니다. 무암에서 바라다볼 무수에 대한 그리움이 파도처럼 밀려들 때면 발에 무리가 되지 않을 산책로를 돌아 연못으로 향하곤 합니다. 하지만 무암에서 바라다보는 무수(無水)를 둘러싸고 있는 호반의 풍경이 선사하는 선물과는 확연히 다른 것입니다.

구절초가
피어나듯

후둑후둑 떨어지는 소리있어 돌아보면

추녀끝에 물방울이 앞서거니 뒤서거니

제무게를 못이겨서 하나같이 내려앉네

수도하고 수행하는 너울속에 사바세계*

살뜰함이 서려있는 업보속에 저를보며

구절초가 피어나듯 친교속에 마음여네

정성으로 이어지는 섭리같은 참사랑에

투명하고 평화롭게 영육으로 일어서니

겹겹으로 둘러싸인 속깊은뜻 밝히우네

* 괴로움이 가득하여 참고 인내하며 살아가야 하는 세계.

안팎으로 마주하는 제문제로 힘겨울제

떨어지는 나뭇잎에 깊은시름 잦아들고

돋아나는 새잎새로 덕화의길 소망하네

터득하라 일깨우는 생사여탈 화두속에

두려움도 뛰어넘어 구원의지 붙쫓으니

짐보따리 무거워도 사랑으로 복짓겠네

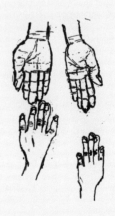

장미나무

갓봉, 덕봉, 흑봉, 드리고 인봉(仁峰)을 휘돌아 와 무암에서 무수를 향하올제, 물새 두 마리 바람 한 점 없는 고요한 수면에 물살을 가르며 동편으로 나아갑니다.

곱게 물든 황혼빛 마주하여 일어나는 느낌을 봉숭아 씨처럼 터뜨려 새 생명의 길로 열어 나가게 하겠습니다.

얼마 전에 화사하게 피어 있던 장미꽃이 한 잎 두 잎 끝내 다 떨어져 내렸습니다. 바람 한 점 없어도 그렇게 되는 이치를 모르는 바 아니면서도, 그 무렵에 일어났던 바람을 탓하고픈 마음에 사로잡히기도 했습니다. 그 아름다운 꽃을 바라보며 향기 더불어 끝없는 행복감에 젖어들고 싶었던 까닭이었던가 봅니다.

푸른 하늘에 흰 구름 떠가게 하던 바람이 내게로 달려 내려와 머리를 쓰다듬어 주던 어느 날 아침에 장미나무 곁으로 다가갔습니다. 그 꽃잎 하나 남김없이 떨어져 내릴 때 내 마음에 이슬 같은 눈물 고여 흐르게 했던 그 자리에는 놀랍게도 구슬 같은 망울이 생기고 있었습니다. 그것은 씨앗을 품어 가는 열매였습니다. 찔레나무 꽃이 떨어진 자리에 열매가 맺히듯이 그 우아했던 장미꽃 떨어진 자리에도 동백꽃 씨앗 같은 열매가 열린다는 것을 새삼스럽게 알아차렸습니다.

물소리

이 밤이 되어서야 산중 계곡의 물소리가 물소리로 들립니다.

힘 있게 흘러내리는 물소리를 알아차리지 못한 것이 이상합니다.

오늘 밤에 하는 프로그램에 이어 성체조배*를 함께 했습니다.

그 후 하늘의 별도 보고 계곡의 물소리도 듣고 싶어서 나섰습니다.

발끝에서 머리까지 씻기는 듯한 물소리의 길을 따라 거닐기도 하고,

연곡사의 경내를 휘돌아 거닐면서 별빛을 가슴에 담기도 하였습니다.

기도의 향을 피워 올리듯이.

---

* 성체를 모셔 둔 감실 앞에서 성체를 경배하며 깊이 묵상하는 것.

꽃이어라, 다 꽃이어라

산천초목에 피는 게 다 꽃이어라

다만, 내가 모르던 꽃들이 많기도 할 뿐이어라

때 따라 피어나는 저마다의 모든 게 다 꽃이어라

형용할 수 없는 아름다운 꽃이어라

다 꽃이어라

사랑이어라, 다 사랑이어라

내가 알아차리지 못한 아둔함이 있을 뿐

몸과 맘의 길에 피는 모든 게 사랑이어라

묻혀 있는 보물 같은 귀한 사랑이어라

다 사랑이어라

바람의
길

인간이 미처 다 헤아리지 못하는
풀벌레들의 소리나 풀 이슬의 이야기로
하늘과 땅의 조화로운 기운이나
변화 속에 지녀 가는 아름다운 이치로
다시 손짓하며 부르는 신령한 존재의 축복으로
우리가 복되길 기원합니다.

드러나는 달의 기울고 자라는 운행에 따라
밀물과 썰물이 일어나듯이
천상천하에 홀로의 존재이면서
더불어 살아가는 현존재로서 너와 나는
어디에서 와 어디로 흘러가는지

수수께끼 같은 물이나 바람의 길인지라

오늘도 모름에서 비롯하는 앎에 기댄 다스림으로

암묵 중에 두드립니다.

실존적
존재로

"놓으시오, 탁 놓으시오. 생기 넘치는 삶을 위하여"라고 잘도 이야기하면서, 정작 그렇게 하지 못하는 어리석은 자신을 직면하는 것이 천 길 만 길 벼랑으로 떨어지는 두려움의 고통보다도 더 슬펐습니다.

땅을 파며 이동하는 두더지의 모습이 떠오릅니다. 새까만 어둠을 안으로 간직한 채 하얀 면사포를 뒤집어쓰고 빛 아래 서서 반사하는 것과 내면의 중심에 태양과 같은 발광체를 지니고 어두움 속을 활보하는 것에 대한 생각이 나에게 휘몰아칩니다.

곱게 물든 하나의 잎새에 담겨 있는 햇볕, 비, 바람, 천둥, 번개, 구름 등을 비롯하여 대자연의 진실한 사연이 생생한 영상으로 펼쳐집니다. 문진처럼 사용하는 책상 위의 조약돌 하나에 어려 있는 여행의 역사가 양파 껍질처럼 쌓여 있는 내 인생의 그것만큼이나 선명하게 가슴으로 파고듭니다.

조금 전까지 계속하여 어디론가 질주하던 내 마음의 소용돌이가 지난날을 회상합니다. 홀로 이집트 카이로에서 수에즈 운하를 지나 시나이반도를 횡단하여 아카바만을 경유해 이스라엘로 되돌아오는 택시 안에서 가졌던 불안한 두려움 가운데서도 사막의 아름다움에 대한 경탄과 설렘이 교차되던 그 여행의 기억에 다시 사로잡히듯이 젖어들었습니다. 한동안 그 정서에 휩싸여 뒹굴고 난 지금 내 마음은 일상의 고요를 되찾은 듯 편안해졌습니다.

이와 같은 오늘을 있게 해 주신 하느님께 감사함이 이제야 마음 한가운데서 다시금 일어납니다. 바람이 사그라져가는 모닥불을 스칠 때 일어나는 주홍빛 불꽃처럼 정화된 순수한 기도로 피어납니다.

나의 실존적인 존재가 하얀 재가 되도록 이 한 몸을 복음의 빛으로 불사릅니다.

인간과 우주의 신비를 풀어낼 하느님의 신령한 지혜를 향하여 의식이 깨어 일어납니다. 그림자가 드리워지는 자연의 이치를 통하여 실상을 알아차리게 되듯이 내 삶의 그림자를 통하여 인생의 진면모를 터득하게 하시는 나의 하느님, 나의 주님은 찬미 받으소서.

당신 자비의
큰 손길

　오늘은 아침까지만 하여도 흐릿한 비구름의 날씨였습니다. 한낮인 지금은 화창하게 갠 하늘 아래 쏟아지는 햇살은 눈부시게 찬란합니다. 떠도는 먹구름 사이사이로 호수같이 훤하게 트인 한여름의 푸른 하늘이 해맑게 웃음 짓습니다.

　보잘 것 없는 자의 작은 사랑에도 기꺼이 응답해 주시는 님의 큰 사랑은 마음을 밝히는 빛입니다. 빛의 근원인 님의 사랑을 생각하다가 우리 집 연못의 수련꽃 이야기를 만납니다.

　낮이면 활짝 피어 하얀 꽃잎에 둘러싸인 황금빛 꽃술로 님의 사랑을 닮고, 밤이면 그 신비로운 꽃잎 모두어 반짝이는 별들의 부드러운 빛을 수줍은 듯이 기다려 받아들이는 그 수련 꽃 말입니다.

끝없는 기다림이 연못의 물처럼 나를 에워쌀 때면 님은 바로 그 연못의 수면에 내리는 빛살로 내 마음에 오십니다. 그 연못의 한 송이 수련 꽃이 말없이 잠수하게 되는 그 마지막 순간까지 님은 황혼빛으로 달빛으로 별빛으로 그 꽃잎 위에 내리듯이 내 마음에 내리십니다.

날마다 새벽을 여는 빛살로 다시 또다시 나를 찾아오십니다. 님이 나를 만날 때마다 한달음에 나를 부드럽게 감싸 안으며 등을 토닥거려 주시는 까닭을 나는 모르지 않습니다. 당신을 닮아 나 또한 빛으로 살라는 부추김임을 어찌 모르겠나이까?

피어나는 꽃으로 즐거워하다가 떨어지는 꽃잎으로 그 뿌리를 헤아리듯이 스스로의 근원을 되돌아봅니다. 마치 늘 산소를 필요로 하듯이, 늘 물을 필요로 하듯이, 님의 사랑의 기운은 나에게 있어서 물같이 산소같이 필요하다는 것을 이미 알고 있습니다.

님의 사랑을 직면할 때면 어여쁘게 피어나는 꽃도 거울이요, 시들어 떨어지는 낙화도 티 없이 맑은 거울입니다. 햇볕이나 별빛이나, 바람이나 구름이나, 연못의 물이나 풀잎 끝의 이슬 한 방울이나, 아니 사계절의 자연 현상이 다 내 삶의 거울입니다.

바라보다 문득문득 알아차리는 님의 사랑으로 나의 삶은 당신 앞에 시가 되고 노래가 되고 춤이 됩니다. 님의 사랑은 나의 사랑이요, 힘이요, 생명의 원천인 까닭입니다.

조금의 노력에 크나큰 선물을 내려 주시는 주님, 우리를 향한 님의 사랑이 얼마나 극진한지를 때에 맞게 다 알아차리지는 못합니다. 후회의 정을 곱씹으면서라도 스스로 있는 그대로의 자기 자신을 바라볼 수 있기까지 우리를 기다려 주시는 당신의 인내와 관용은 참으로 놀랍습니다.

작든 크든 우리의 사랑은 사랑이신 님을 닮으려는 은총의 반영입니다. 그것은 우리에게로 향한 보이지 않는 당신 자비의 큰 손길입니다.

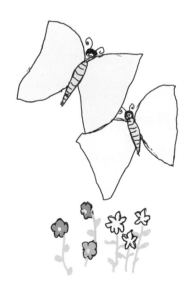

2장

–

시간의 흐름

시공의
　　　　빛

드러난 것이 다는 아니라고 하더라도

내 안에 전혀 없는 것이 내비치지는 않았겠습니다.

드러난 것이 다라고 할라치면

그 이상은 없다고 하여 다행이다 싶기도 하겠습니다.

불편함이 뒤범벅되던 날은

꽉 막힌 방과 같아서 몹시도 숨 막히도록 답답했겠습니다.

열린 창이 그립기는 이제나저제나 마찬가지여서

가슴에 비친 그 무엇이 더 중요하겠습니다.

'무엇을 위하는 것이냐'라는 다그침은
그림자처럼 뒤따르는 애달픈 마음이었습니다.

몹시 어리석어도 훌훌 벗어 버리지 못함은
메는 아픔을 선택했기 때문이라고 말하겠습니다.

이제 다시 옹졸한 자신의 틀을 벗어 놓으려 함은
있는 그대로를 향하는 파도이고 싶어서입니다.

진정한 자유의 나래 펼침은
결국 외부의 무엇이 아니라 내면의 일이겠습니다.

생명으로 되살아나기를 바라는 사랑은
칠흑 같은 밤에 등대와 같은 시공(時空)의 빛이겠습니다.

무심

오늘 낮 동안에는 오랜만에 여유 있는 마음으로 우리 집 정원과 뒷동산을 거닐었습니다. 연못의 새하얀 수련꽃, 정원의 희디흰 백합꽃, 담홍색에 검은 점박이 나리꽃, 연자색의 맥문동, 오늘 발견한 분홍빛의 상사화, 그리고 화분에 심어 놓은 화초용 고추도 벌써 여러 가지 모양과 빛깔로 꽃이 피고 열매 맺기 시작했다는 것이 경이롭게 다가왔습니다.

저녁에는 뒷산에 올랐습니다. 훈훈한 바람결이 초목을 파도처럼 출렁이게 하는 무암에서 무수를 향하여 그냥 앉아 있었습니다. 요 며칠 사이에 있었던 일들의 의미를 되새겨 충분히 사고하기에는 몸이 너무 피곤한 상태였습니다.

그냥 그렇게 마냥 무심히 앉아 있고 싶었습니다. 느낌이 참 좋았습니다. 어둠이 완전히 내리고 밤의 영상들이 제 모습을 드러낼 때쯤 되어서야 자리 털고 일어나 처소로 되돌아왔습니다.

끝내
몸마저 벗어 놓고 갈 터인데
어찌
구름덩이 같은 몸으로
새벽을 막으리오
나,
풀 이슬 반짝이게 하는
고운 아침 햇살이고 싶어라

무심의
다스림

두 손 가득히 정성 어린 선물을 받아듭니다.

그 순간부터 그 두 손은 자유롭지 못합니다.

선물도 그렇거늘 뇌물은 말해 무엇하리이까.

그런즉 무심(無心)의 다스림은 온몸의 몫이옵니다.

오늘 아침에는 마음먹고 지난 이른 봄부터 가꾸어 결실을 본 화분의 화초용 고추들을 거두어들이고 뒷정리를 말끔하게 했습니다. 차나무 곁에서 자라는 화분의 잡초도 말끔하게 뽑아 주었습니다. 홍자색과 주황색 국화 뿌리를 화분에 옮겨 심고 물 비료를 퍼다 주었습니다. 내 바람처럼 된다면 내년에는 더 다양한 국화꽃들이 화사하게 피어날 것입니다.

그리고 살갗에 와 닿는 초겨울 오후의 햇살, 그 따사로운 감촉으로 행복에 젖습니다. 앞뜰의 잔디가 누렇게 변모하기 시작한 것은 찬바람 불고 무서리 내리던 어느 날부터입니다. 그 잔디 위에는 갈색의 낙엽들이 솜이불처럼 수북이 쌓여 있습니다. 새벽의 차가운 달빛 아래 뽀얗게 내린 서리를 뒤집어쓰고 곤히 잠들어 있던 낙엽들이 한낮의 햇살에 깨어 일어나더니 오후의 햇살에 물기 어린 잎새의 흔적을 지닌 채 어슬렁거리며 마실 나갑니다.

거슬러 다시 되잡아 행할 수 없는 시간이여. 마음이 산란하고 무엇을 어떻게 해야 좋을지 모르게 하는 순간이여. 바로 이 순간에도 시간은 줄달음쳐 뺑소니치는데, 무엇을 꼼꼼히 잘 챙겨보려는 마음의 시간이여. 낙엽처럼 떨어져 내리는 공허함을 어찌할 줄 모르게 하는 시간이여. 허망한 심사를 달랠 길 없게 하는 순간이여. 문자의 앞뒤만을 돌이질 하듯이 되잡았다 되놓았다 하게 하는 순간의 시간이여.

어두움

애타는 마음을 스스로 부둥켜안을 수밖에 없는 순간에 때로 님은 너무나 멀리 있는 듯합니다. 손끝에 가닿을 수 없을 뿐만 아니라 얼굴도 보이지 않고 목소리도 들려오지 않고 마음의 문에 검은 천을 덧씌워 놓은 듯 도무지 알아차릴 수 없는 불안한 기운으로 들썩입니다.

내 마음에 슬픔이 밀물처럼 밀려들 때 썰물처럼 빠져나간 따사로운 숨결은 어디 있습니까? 때로 암벽에 부딪치고 잦아드는 파도의 하얀 거품처럼 의혹의 풍랑에 휩쓸려 잦아드는 슬픔은 무엇에 대한 여운입니까?

그토록 아름답던 호수와 산천경개도 밤의 어둠에 묻히거나 뽀얀 안개에 묻히거나 보이지 않기는 마찬가지입니다.

그러나 단 한 번이라도 그 아름다운 대자연의 면면을 마음으로 본 사람에게는 검은 어둠 너머로, 뽀얀 안개 너머로 그것에 대한 상을 그려 낼 수 있습니다. 사랑의 소중한 체험은 인생길의 칠흑 같은 어둠이나 지척을 바라볼 수 없는 안개 속에서도 사랑의 길을 향하게 하리라고 나는 믿습니다.

초사흘
달

지난 늦가을에 지리산 차 밭에서 구해 온 차 씨를 우리 집 뒤뜰 터밭을 비롯하여 경내 여기저기에 심어 가꾼 차나무에서 올해는 찻잎을 조금 수확할 수 있게 되었습니다. 다행히도 몇 년 전에 지리산 자락 하동 화개의 어느 제다실(製茶室)에서 용운 스님에게 차를 만드는 법을 배워둔 바 있습니다.

지난 4월 20일, 곡우에 찻잎을 따서 제다하여 50그램 정도의 작설차를 만들었고, 어제도 50그램 정도의 작설차를 만들었습니다. 손수 제다하여 차를 만드는 일은 무척 흥미로웠습니다. 이제 이 차를 마음의 향기를 전하듯이 나누어 마신다고 생각하니 기쁜 마음 금할 길 없습니다.

어둠이 발등으로 기어오르는 시간이었습니다. 반기며 뛰어오르려는 진돗개를 뒤로 하고 잎과 열매를 분별할 수 없는 매실나무 옆을 지나 송림 사이의 오솔길로 향하고 있었습니다. 발길을 따라 일어나는 바람결에 이름 모를 꽃들과 풀 향기가 어우러진 싱그러운 봄내음이 코끝에 와 닿았습니다.

송화가루 날리는 산속의 초저녁 산바람의 이야기를 즐기면서 산등으로 오르다가 뒤돌아보니 초사흘 달이 솔가지 사이로 생긋 웃고 있었습니다. 밤길 걸어 산으로 향하는 나의 마음을 이미 다 알아차리기라도 한 듯이 말입니다. 좌선대, 무암에서 무수를 바라보고 홀로 앉아 초사흘 달이 목욕하고 간 호수에 한 마음을 헹구어 내고자 고요히 숨결을 다스렸습니다.

심우도

모처럼 찾아간 화개 모암의 그 선사의 처소는 달빛에 새하얀 눈송이처럼 차향으로 뒤덮여 있고 산골짜기의 물소리는 과거와 미래를 잇는 이야기로 재잘대고 있습니다.

산골짜기 타고 내려오는 물에 몸을 씻고, 바라다본 울긋불긋 물든 산마루 끝에서 시작되는 너무도 고운 빛의 하늘이 호수처럼 자리하고 있었습니다.

황혼이 사라지고 달이 제 빛을 발하기 시작하는 칠불사에서 석간수로 목을 축이고 일행과 떨어져 홀로 십우도(十牛圖)*의 심우도(尋牛圖)**를 향하면서 어둠이 끼는 가운데서도 무엇인가를 간절히 찾고 있는 내 모습을 바라다보았습니다.

- 심우도의 원류.
- ** 인간의 본성을 소를 찾는 것에 비유하며, 결국 모든 것은 공(空)으로 돌아가고 속세에서 벗어나야 한다는 깨달음을 그린 그림.

정지용 시인의 〈호수〉가 생각났습니다.

저 하늘에 맞닿은 산, 산 넘어 넘어 어느 하늘 아래 오랜 기억 속
어머니……

걷잡을 수 없는 서러움으로 끌어 오르메 산골짜기를 향하여 피를
토하듯이 목청껏 외쳐대는 소리는,

"야호오오오오…"

일어나는 한 줄기 바람결에 차 향기가 실려와 내 마음의 정성을
차 꽃 향처럼 은은하게 띄워 보냅니다.

6월의
신록

　　오늘 산행에 곧 쏟아질 것만 같은 산마루의 비구름은 걱정거리가
되지 않았습니다. 십여 차례나 가로질러 징검다리를 건너야 했던 산
골짜기의 물길 따라 오르내리는 산행이 끝나기까지 하늘은 비를 멎
게 해 주었고, 돌아오는 길에는 맑게 씻긴 하늘 아래 6월의 햇살이
찬란하게 쏟아져 내렸습니다. 일행 모두 저마다의 즐거움과 보람과
활력을 지닌 듯한 모습이 보기에 좋았고 편안한 기운으로 느껴졌습
니다.

　이 세상의 모든 일은 다 지나가게 되겠지만, 바로 그렇기 때문에 터진 구름 사이로 돛단배 같은 파란 하늘이나 산들바람에도 하늘거리는 6월의 신록이 더없이 귀하고 아름답게 다가오는 게 아닌가 싶습니다. 늘 새로운 창조를 계속하시는 하느님의 손길이 숨결처럼 다가오는 것을 느낍니다.

새벽

새벽, 이른 새벽은 아무도 모르게 나를 반깁니다. 노곤한 잠옷을 걷어가고 상큼한 기운을 불어넣어 주는 새벽은 님의 사랑입니다.

오늘 새벽 하늘에는 도심의 빌딩 위에나 산중의 나목들 위에나, 호수의 수면 위에나, 그리고 또 어디에나 동시에 떠 있을 반달과 별 하나가 유난히도 내 마음을 사로잡았습니다. 은하수같이 수많은 조롱박으로 강물을 길어 올릴 때 별이 되어 일어나는 은파의 무도회는 구도자의 마음길에 내리는 보이지 않는 선물이 되었습니다.

'겟세마니* 형제애 집'**에서의 일을 순리대로 풀어내고 새로운 한 형제를 반길 때 내 안에 스쳐 가는 거역하거나 벗어 버릴 수 없는 그

- 예루살렘의 동쪽에 있는 동산. 예수가 제자들과 마지막 기도를 드리고 있던 곳으로, 이때 유다의 배반으로 예수는 십자가형에 처해진다.
- 여기서 '겟세마니 형제애 집'은 (1980년경에서 2000년대까지) 경기도 연천 임진강 변 언덕 위에 터를 잡고 자활의 꿈으로 염소를 기르며 살고 있던 음성결행환우들의 작은 공동체를 명명하는데, 이제는 기억 속에만 남아 있습니다.

들을 위한 삶의 한 굴레를 보았습니다.

　점점 더 짙어지는 안개 속으로 희미하게 사라져 가는 인봉(仁峰)산을 바라보던 시선 떨구어 무수암를 향했습니다. 포목처럼 날리는 안개가 흐르고, 새들의 노래가 있고, 나무 잎새들의 속삭임이 있는 무암의 새벽은 아름다운 기도소입니다.

옛이야기

오늘 하루는 알렉산더 솔제니친의 작품 〈이반 데니소비치, 수용소의 하루〉*처럼 참으로 적나라하게 스스로를 만난 날입니다. 계곡으로 떠내려가는 일엽편주 위에 놓여 있는 자와 같은 자신을, 육지라고는 어느 곳에도 보이지 않는 망망한 대양 한가운데서 파도에 시달리고 있는 작은 배 위에 홀로 타고 있는 스스로를 보는 듯했습니다.

겹겹이 둘러싸이고, 층층이 덮인 구름 더미에 빠져 헤매고 있는 반달도 나를 보면 위로가 되고 힘을 얻는가 봅니다. 연못에 다다랐을 때 반딧불 하나가 연못가 풀잎 사이에서 나를 쳐다봤습니다. 내

- 1962년에 발표된 러시아 문학. 스탈린 시대의 수용소 생활을 적나라하면서도 덤덤하게 묘사하여 많은 이의 사랑을 받았다.

가 저를 반기듯이 나를 반김은 우리 서로가 반딧불에 얽힌 옛이야기를 알고 있기 때문인가 봅니다. 한 청년이 아름다운 소녀에게 반해 상사병으로 그만 몸져눕고는, 낮도 밤도 아니며 날아다닐 수 있는 몸으로 소녀를 지켜보겠다고 다짐하며 숨을 거뒀다는 그 이야기 말입니다.

새겨보는
순간들이

세상인심 기류같이 종잡을길 없다해도
문설주에 한지처럼 제본분을 순히하고

마음길로 단순하게 빈배같이 향하나니
한반도의 명산발치 남도지방 소요하네

달아공원 어김없이 일출일몰 껴안느니
물결위서 시종일관 달빛도와 춤추겠네

무인등대 신호인양 묵언중에 길밝히고
가슴열고 양팔벌려 촉석루로 나아가네

맑은기운 먹칠하는 인간세의 잡동사니
피할길이 없이오는 세월소리 날아드네

인내롭게 탐구하고 지혜롭게 식별하여
온인류가 화합하길 마음모아 염원하네

새벽녘에

새벽녘에
달빛 쏟아져 내리는 창가에서
하늘을 올려다본다.

새벽녘에
눈물 머금은 아름다운 눈동자 같은 달이
나를 내려다본다.

새벽녘에
바람에 실려 오는 풍경 소리에
귀를 기울인다.

새벽녘에

깨어 일어나는 대자연과 더불어

마음을 연다.

아침 햇살

한 치 사람 마음속은 알 길이 없어도
그 마음속에서 홀로 노닐 줄 아는

한 손엔 빛(明)을 들고
다른 손엔 어둠(暗)을 들고
쉼 없이 묵묵히 제 길로만 걸어가는

과거와 현재와 미래로 달리고
자기 밖의 세상은 변화되어도
지금 여기 온전히 마음을 둘 줄 아는

몸은 늙고 변해도 마음은

님 향하는 참사랑으로 오늘도 내일도

처음처럼 아침 햇살이게 하소서

피정을 마치면서
받은 꽃송이들

부담 없는 얼굴, 시골 아저씨 같은 구수한 목소리, 여유로운 웃음, 모든 것에서 피정* 첫날의 무거움에서 벗어날 수 있었습니다. 8일 피정이라는 부담감을 잊을 수 있을 만큼, 모든 것들이 포근하게 다가왔습니다. 저를 기다려 주시는 모습에 신뢰와 믿음이 한층 높아짐을 하루하루 피정을 진행하는 동안 느낄 수 있었습니다.

"매사에, 모든 사소한 일까지도 그리스도께 찬미드리며 그리스도 안에서 의미를 찾으시는 모습은 참 수도자로서, 사제로서, 주님의 사랑받는 제자이심을 느낄 수 있었습니다.

• 일정 기간 동안 수련 생활을 함.

신부님의 모든 행동의 밑바닥에는 사랑으로 충만된 튼튼한 기초가 반석이 되어 있음을 느낄 수 있었습니다. 신부님께 느낄 수 있었던 친근한 모습을 영원히 간직하시길 기도드립니다."

"수도 생활 초입에서 일그러진 저희 마음에 따뜻함으로 다가오신 신부님께 사랑과 존경을 드립니다. 필요한 시간에 피정을 통해서 만나게 해 주신 주님께 또한 감사드립니다.

이번 피정으로, 자신을 통해서 세상과 하느님 그리고 제가 서 있는 삶의 자리를 바라보며, 많은 깨달음을 갖게 해 주심에 감사드립니다. 느끼고 깨달은 바 삶으로 체화시켜 건강한 삶을 살아가겠습니다."

"넉넉한 마음으로 다가오시는 신부님을 뵈면서, 사제이기 전에 형님처럼 느껴집니다. 세파에 시달린 듯 미간의 주름살은 고난과 고통을 희망으로 바꾸어 놓은 징표이며, 기쁨과 희망을 주는 표식이겠죠. 구수한 입담에서 나오는 정감이 저의 마음을 쉽게 열어 놓습니다."

"첫 인상이 뭐라 할까요? '신부(사제), 수도자'에 대한 삐딱한 저의

마음도 신부님의 그 따뜻한 마음속에 다시금 열리게 되네요. 신부님
께서 보이신 타인에 대한 끊임없는 신뢰와 믿음의 모습과 마음에서
그리스도의 향기가 납니다. 아마, 그것은 사랑이 기반이 되어 있기
에 가능하지 않나 싶습니다.

'마음'을 통해서 세상을 바라보는 그 긍정의 눈은 8일간의 피정 속
에서 소중한 선물이었습니다. 신부님! 털털하고 자상한 그 모습과
마음, 그리고 형제에 대한 사랑의 그 마음 간직하고 기도드릴게요."

"신부님, 한 수 톡톡히 배워갑니다. 제 마음이 시원하네요. 가끔
삶의 의미를 떠올려 볼 때 실망할 때도 많았어요. 그러나 신부님을
통해서 스며들고 배어드는 생의 의미를 어렴풋하게나마 느낍니다."

기도 1

오곡이 무르익어 가는 요즈음 우리 집 뒤뜰 정원이나 산책로 가에는 잡초 우거진 사이로 제 잎새 하나도 없는 진붉은 상사화가 싱그럽게 피어나고 있습니다.

정원 한편에 서 있는 무화과도 익어가고 감도 주홍빛을 띠기 시작했으며 밤도 대추도 영글어가고 있습니다. 우리의 인품도 익어가고 우리의 사랑도 영글어가길 소망합니다.

한밤중에 기도소에서 장궤틀에 무릎을 꿇고 묵주신공*을 할 때,

이른 새벽 달빛 아래 맨발로 잔디밭을 거닐며 기도할 때,

푸르스름한 여명이 낮게 깔리기 시작할 때 올리게 되는 아침 기도 가운데

해 뜰 무렵부터 뭉글뭉글 피어오르는 운무 같은 기도 가운데 늘 새롭게 마음 열며 새날을 맞이하는 희망으로 행복해집니다.

---

* 묵주를 들고 성모 마리아와 더불어 주님께 드리는 기도.

해 질 녘

해 질 녘에 무암에 올라 동천에 떠 있는 반달을 봤습니다.

빛 하늘에 한가롭게 떠 있는 흰 구름송이가 예사롭게 보이지 않았습니다.

곱게 물들어 가는 가을 산과 더불어 하늘을 품어 안는 호수 또한 그 하늘만큼이나 깊었습니다.

갈바람에 일어나는 숲의 소리는 쉰 목소리의 애달픈 가락입니다.

갈색으로 퇴색되어 가는 그 잎새들의 회상 속에는 봄날의 연록빛 고운 이야기가 있습니다. 그릇된 틀에 매이는 때에는 하늘 바탕 같은 본심을 잠시나마 벗어나기도 합니다.

가을날

가을의 문턱에서, 정신의 얼굴이 트인다는 가을 하늘 아래 한적한 들길이나 나뭇잎 유유히 떠가는 강변을 거닐고 싶습니다. 가을 길에 마음의 길로 사랑의 숨결을 바람의 어깨에 실어 꽃향기처럼 하늘로 피어 올리고 싶습니다.

회상의 시간을 통하여 새로운 의미를 발견하는 것은 정녕 은혜로운 삶의 길입니다. 홀로 찾아 나서는 것도 장한 일이지만 사랑하는 사람들이 그 사랑의 넓이와 깊이를 더하기 위하여 함께 찾아 나서는 것은 참으로 아름다운 일입니다. 외계(外界)를 함께 여행하는 것도 필요한 일이지만 내계(內界)를 함께 답사하는 것은 고귀한 사랑의 원류를 찾아 가슴에 가슴을 열고 새로운 정신을 잉태하기 위해 쉬게 하는 창조의 여정입니다.

별빛처럼 새하얗게 빛나는 취나물 꽃, 황금에 눈멀지 않도록 황금빛 나누어 주는 금잔화, 사랑의 기다림에 지칠 줄 모르고 붉게 타오르는 상사화, 꽃 피고 씨앗으로 영글어가도록 그리움을 키워서 건드리기만 하여도 눈물 쏟듯이 씨앗을 터뜨릴 꿈에 젖은 봉선화꽃, 스티븐 호킹이란 천재 물리학자가 태어나기 오래전부터 블랙홀 같은 형상으로 씨앗을 가지는 분꽃, 초록빛 잎새 사이에 핀 눈송이 두 개씩 내려앉은 듯한 박화꽃, 그리고 우주를 닮은 코스모스꽃. 초가을 하늘을 누비며 유유자적하는 새빨간 고추잠자리들, 우아하기 그지없는 검은빛 호랑나비와 산뜻한 검은 무늬 흰나비, 부지런한 꿀벌을 비롯하여 콩알만 한 땅벌, 작은 매미 같은 말벌, 그리고 술래잡기하는 새들…….

향하는 길에 굳은 돌덩어리를 만나게 될지라도 살같이 부드러운 마음에서 비롯되는 삶의 지혜로 잘 풀어 나가리라. 이는 마치 석굴암의 부처를 빚은 손길이나, 십자가상에서 끌어내린 운명한 예수의 시신을 받아 안은 성모자상을 조각한 미켈란젤로의 손 같은 가슴을 지니며 살 수 있도록 사랑이신 우리 아버지 하느님께서 함께 하시기 때문입니다.

늦가을

늦가을 햇살이 맑게 쏟아져 내리는 아침입니다. 샛노란 작은 국화 꽃 위에 내리는 햇살이 눈부시게 일어납니다. 소슬한 바람결에 향기 또한 그윽하게 퍼져 나갑니다. 이제는 차 밭으로 변한 화단 주변에 심어 놓은 소국들의 가을 아침 이야기입니다.

황금빛 꽃술을 새하얀 꽃잎으로 감싸고 있는 차 꽃의 차나무에는 실화상봉(失和相逢)*의 때가 있습니다. 바람이 꽃이고 응답이 열매라면 나의 사랑에도 실화상봉의 때가 있겠습니다. 기다림으로 향하는 가슴은 애절하지만 그것 또한 이미 사랑의 빛깔이요, 향이요, 맛인 줄을 새삼스러운 듯이 알아차립니다.

• 열매와 꽃이 같이 열리는 것. 차나무를 실화상봉수(實花相逢樹)라고도 한다.

샛노랗게 물든 느티나무 잎새들이 한 잎, 두 잎, 너덧 잎이 소슬바람에 나비처럼 날아내리고 있습니다. 가는 나뭇가지 끝에 곡예를 하듯이 앉아 있는 한 마리의 까치가 떨어져 내리는 낙엽을 향해 절레절레 고개를 흔들어 댑니다.

피라칸사스, 새들의 먹이가 되는 늦가을 햇살 아래 비로소 빨갛게 익어 가는 망개나무 열매보다도 더 작은 열매들이 주렁주렁 매달리는 나무의 이름입니다. 참사랑은 또 다른 생명을 위하여 사랑의 결실을 다시 내어 주는 생명을 위한 헌신입니다.

노사제

한국순교자기념관 성당에서 아침 7시 미사를 봉헌하다.

아침 식사를 끝내고 일어설 무렵 별채에 따로 계시는 90세 노인이신 비안네 신부님께서 쓰러지셨는데, 위급한 상태라는 연락이 오다. 그때가 7시 50분경. 이곳 분원의 형제들과 함께 급히 내려가서 살펴보았더니 이미 맥박은 뛰지 않는 듯했고, 8시경에 마지막 숨을 몰아쉬는 것으로 끝이었다.

전날 저녁에 산책을 하셨고, 힘겨워하시면서도 아침 미사를 봉헌하시고 아침 식사를 드시고, 그리고 기침을 하시면서 쓰러지셔서 이내 곧 운명하시게 된 것이다.

다가오는 24일부터 26일까지 하게 될 3일간의 피정* 강론 준비가 덜 된 상태인지라 마음에 부담이 되기도 하지만, 그것보다는 본인의 사제서품 기념일인 오늘 어느 노사제의 임종을 지켜보게 된 그 의미를 되새겨 보다.

"진실히 여러분에게 이르거니와, 여러분이 마음을 돌이켜서 어린이처럼 되지 않으면 결코 하늘나라에 들어가지 못할 것입니다"라는 말씀을 되생각하게 하시는 故 최 비안네 신부님의 장례미사가 왜관 성 베네딕도 수도원 성당에서 있었다.

장지에서 돌아오는 길에, "음, 당신이 하실 일을 마지막까지 다 하고 가셨구먼"이라고 말씀하신 한국순교자기념관의 요한 신부님의 말씀이 내 가슴에 메아리 되어 울려 왔다.

주보성인**을 본받으시어 고해성사를 잘 주셨기에 멀리서 찾아오는 사람들이 끊임없던 향년 90세의 노인이셨다.

• 가톨릭 신자들이 성당이나 수도원에서 일정 기간 동안 묵상하는 것.
•• 특정 신자, 단체, 성당 등을 보호하는 성인.

죽음

이른 아침, 5시 4분에 잠에서 깨어났습니다. 후드득 후드득 비 오는 소리가 귓가에 내렸습니다. 더 자고픈 마음을 뿌리치고 빗속을 걸어 무암으로 향했습니다.

떨어지는 빗줄기가 점점 더 무게를 더해가기까지 무암에 홀로 앉아 밝아 오는 동천을 향했습니다. 기도와 일과, 노래와 사랑으로 피어나 고뇌스럽고 막막한 현실을 항해하는 나침반이 되길 기원했습니다.

또 한 사람의 죽음. 가슴에 진한 감정의 소용돌이를 끌어안을 수밖에 없게 하는 가까운 누군가의 죽음. 혹자에게 있어서 그것은 일시적으로나마 눈을 혼란스럽게 하여 제대로 보지 못하게 하고 마음을 혼란스럽게 하여 제대로 알아차리지 못하게 할 수도 있겠습니다. 그럴 때 온 정성으로 함께 있어 주는 것만으로도 위로가 되고 힘이 되는 사람을 생각해 봅니다.

"고인이 된 자로서 남은 자들에게 바라는 것이 뭘까? 자신이 못다 한 몫을 해 주기를 바랄까? (이런 물음은 너무도 산 자들의 물음이 아니겠는가?) 입장을 바꾸어서, 가령 내가 죽은 자라면 남은 자에게 뭘 기대하게 될까? 진정 꼭 하고 싶은 이야기는 뭘까?"

묘지

한순간에 유명을 달리하게 되신 어느 수도자의 장례미사에 함께 했습니다. 76세를 일기로 세상을 떠나시게 된 그분은 건널목 인도에 서 있다가 과속으로 달려 인도로 덮쳐 온 차에 변을 당하신 것입니다. 장지까지 동행하여 묘지에서 하관 예절이 끝나기까지 함께 했었는데 분위기가 너무나 따뜻했습니다. 그분은 예수성심과 성모성심에 대한 깊은 신심을 지니며 사셨고, 말보다는 겸허하게 행동하는 삶을 사신 참으로 온유하게 기억되는 분이십니다.

그곳 장지에서의 일이 끝난 후 나는 여든이 훨씬 넘은 연로하신 고모님을 찾아뵙고자 고향에 들렀습니다. 반겨 맞으시는 넋두리로부터 서러운 하소연과 한탄을 끝없이 늘어놓으시는 고모님은 몸은 허약하나 정신은 여전히 맑았습니다. 고모님과 형제 친지들을 떠나

되돌아오는 경부 고속도로의 밤길은 쏟아지는 심한 폭우로 말미암아 앞을 잘 볼 수 없는 상황이 여러 차례나 거듭되었습니다.

난 밤에 빛나는 별들입니다

내 무덤 앞에서 울지 마시오

난 거기에 없습니다

―에크하르트 톨레, 〈내 무덤 앞에서〉 중에서

10월의
사랑

사랑에 푹 빠진 하느님의 얼굴 표정 같은 가을 산천에 바람이 일면
소탈하게 웃으며 나비처럼 날아 대지의 품에 안기는 낙엽은
내릴 무서리의 세례로 다시 되돌아갈 길을 가르치는 스승입니다.

맑은 샘물 같은 마음의 정성을 길어 한 잔의 차를 달여 올리듯이
그윽한 향기를 발하는 한 바구니의 황금빛 들국화의 속삭임으로
부터
탁 트인 하늘 아래 성글게 매달린 주홍빛 감들의 느긋한 몸짓에
이르기까지
시정이 일어나는 10월의 산사에서 꿈길 같은 자연으로 목을 축이고
자줏빛 찰옥수수와 갓 구워낸 알밤들의 감칠맛으로 감사할 때
모닥불처럼 타오르는 나눔과 섬김의 가슴 위에 평온이 나립니다.

열리는 마음길 따라 눈에 비치고 귀에 들리는 것들이 새로웁나니

염화시중의 미소 같은 꽃이 다시 피어날 때

끝내 열매도 잎새도 다 떠나보내고

앙상한 가지로 남아 머물 줄 아는 나무에서

교향곡마냥 울려 퍼지는 사계절의 음향을 듣습니다.

생긴 그대로의 돌들로 누군가가 쌓아 올려놓은

석남사 개울 터의 작은 돌탑들이 마음을 끌어안을 때

이름 모를 길손들의 기도 소리 바람 솔바람으로 되살아나고

떨어져 흩날리며 구르는 낙엽은 나그네의 발자국 소리를 듣습니다.

어둠이 내리깔리는 표충사의 널찍한 마당 터에서

어깨에 머리를 기댄 듯이 맞닿은 산 능선을 바라보며

서산, 사명, 기허대사의 정신이 원효대사의 첫 시선으로 이어지고

존재의 검은 능선을 비출 태양을 인식하듯이 님의 큰 뜻을 알아차
립니다.

하늘까지 뻗쳤던 검푸른 바다의 기운을 물 밑으로 다시 가라앉히는

일렁이는 수면에 내리는 냄새도 빛깔도 형체도 없는 아침 햇살이

수많은 작은 태양으로 다시 찬란하게 빛날 때

빛이로되 눈부시게 하지 않는 더 맑은 사랑의 빛으로

그 물비늘 빛 한 가운데서 우주의 평온으로 자리하고

들고나는 바람결에 일어나고 스러지는 파도의 몸짓 따라

소리 없는 장단에 맞추어 이루는 춤인 양 정신 세계의 지평을 펼
치리다.

시간의 흐름은 틀 지워진 계획을 뛰어넘어 휑하니 달아나 버렸나니

물리적인 시간과 공간의 거리에 감사의 다리를 무지개처럼 드리
우고

나눔과 섬김의 사랑 길에 그림자 같이 맞이하는 기다림의 때와 정
서로

찰나적인 순간의 빛을 받아 새로운 빛으로 일어나는

있는 그대로의 삶에 바하의 무반주 첼로 같은 다스림으로

사랑으로 물든 하느님의 얼굴 표정 같은 가을 산이 빠져 있는 호

수에

더 큰 사랑의 길을 위해 10월의 사랑을 비추어 봅니다.

3장

–

마음의 깊이

눈은 몸의 등불

"눈은 몸의 등불, 당신 안에 있는 빛"이라는 예수님의 말씀을 묵상하노라면, 새삼스럽게 육안이 맑아야 빛을 받아 밝게 살 수 있는 것처럼, 심안도 맑아야만 계시를 받아 밝게 살 수 있다는 가르침을 마음으로 되새기게 됩니다.

인간으로 살아가면서 욕망이 없을 수 없으리오만, 먼저 하느님의 뜻을 헤아리고 하느님께로 향할 때 심안이 맑아진다는 이치에 순응합니다.

그리고 제게 맡겨진 삶을 정성스럽게 살고자 다시금 마음을 추스립니다.

"몸의 등불은 눈입니다. 그러므로 당신의 눈이 맑으면 당신의 온몸이 밝고 당신의 눈이 흐리면 당신의 온몸이 어두울 것입니다. 그러니 당신 안에 있는 빛이 어둠이라면 그 어둠은 얼마나 심하겠습니까?"

● 마태복음 6장 22-23절.

마음이
눈뜰 때

"귀로 소리만 듣고 벌을 치려니 힘이 들지 않습니까?"

"힘들긴유, 눈으로 보는 것보다 귀로 듣는 편이 훨씬 나을 거예유.
눈으로는 거죽밖에 못 보지만, 귀로는 속마음까지 볼 수 있지유."[*]

실존 인물인 '눈먼 벌치기'의 말입니다.

문학 작품으로 그를 만나게 되었을 때 나의 마음엔 폭풍우 가운데
파도처럼 쉼 없이 밀려드는 벅찬 감동을 금할 길이 없었습니다.

- 홍기, 《가리산의 눈먼 벌치기》, 성바오로딸수도회, 1996

생텍쥐페리는《어린 왕자》에서 여우의 입을 빌려 "잘 보려면 마음으로 보아야 한다. 가장 중요한 것, 본질적인 것은 눈에는 보이지 않는다"라고 하거든요.

우리네 삶의 굴레에서 외물에 사로잡혀 있는 한 우리의 눈은 더이상 밝지 못할 것입니다. 선입관, 고정 관념, 의혹, 불신 등등 스스로 만든 상들에 집착하고 탐닉하는 가운데 마음의 창이 마치 더러운 유리창처럼 되어서 사물과 사람을 바로 보지 못하게 되겠지요. 매일, 매 순간, 새로운 날, 새로운 때를 맞이하면서도 떠오르는 태양같이 새로운 기운으로 살아가지 못한다면 우리의 삶은 스스로 자기의 가치감과 존중감을 외면하는 격이 되겠지요. 스스로 복을 외면하는 삶을 향하면서 행복을 찾는다고 허우적거리는 어리석은 꼴이 아니겠습니까.

진나라의 평공이 맹인 음악가 사광에게 "그대는 나면서부터 눈동자가 없으니 그대의 캄캄함은 대단하겠네그려" 하였답니다. 그러자 사광은 "천하에 다섯 가지 캄캄함이 있는데, 나는 그중의 하나에도 끼지 못했습니다"라고 하더랍니다.

평공이 무슨 말인가 물으니, "뭇 신하들이 뇌물로 명예를 얻고, 백성은 억울한 일을 당하고도 호소할 데가 없는데도 임금이 깨닫지 못하니 이것이 첫째 캄캄함입니다. 충신은 등용하지 않고, 재능 없고 못난 자가 현명한 자 위에 있는데도 임금이 깨닫지 못하니 이것이 둘째 캄캄함입니다. 국고를 탕진하는 간사한 신하가 존귀해지는데도 임금이 깨닫지 못하니 이것이 셋째 캄캄함입니다. 나라가 가난하여 백성이 지치고 위아래가 화합하지 못하면서 재물을 좋아하고 군사를 쓰며, 욕심이 끝없고 아첨배가 줄을 잇는데도 임금이 깨닫지 못하니 이것이 넷째 캄캄함입니다. 도리는 밝혀지지 않고 법령은 행해지지 않으며, 관리는 정직하지 않고 백성은 불안한데도 임금이 깨닫지 못하니 이것이 다섯째 캄캄함입니다. 나라에 다섯 가지 캄캄함이 있고도 위태롭지 않은 나라는 일찍이 없었습니다. 신의 캄캄함은 일신의 작은 캄캄함일 뿐이니, 국가에 무슨 해가 있겠습니까?"라고 했답니다.

'귀로 속마음까지 볼 수 있다'라는 경지나, '잘 보려면 마음으로 보아라'라는 깨우침이나, 그리고 비록 일신의 캄캄함을 지니고 있으나 세상을 어지럽히지 않는 사람의 삶을 생각하노라면, 힘들게 등산을 하다가 허리 펴고 고개 들어 끝없이 펼쳐지는 바다 같은 산봉우리들을 바라볼 때 느끼게 되는 겸허한 마음을 가지게 됩니다.

다무암(茶無巖)

茶나무의 性品으로 내림하는 마음 자리
차　　　성품

無心으로 풀어내는 호수 위의 노래 가락
무심

岩石 위를 亭子 삼아 春夢 중에 茶를 드네
암석　　　정자　　　춘몽　　　차

빈 가슴

미국 트라피스트 수도원의 수도승 토마스 머튼*이 윌리엄 존슨에게 보낸 편지 중에는 다음과 같은 이야기가 있습니다. "그리스도인은 불교도처럼 쉽게 깨달음에 이를 수 있다고 확신합니다. 이는 모든 형식, 상상, 개념, 범주, 그 외의 것을 단순히 초월하는 경우에 그러합니다". 깨달음의 길에 있어서 놓아 버려야 할 집착의 경계를 생각하게 합니다.

바람이 불 때마다 호수는 살아서 일어납니다. 설사 오염되어 죽어 가던 물이라 할지라도 산천초목 쓰다듬으며 내려오는 바람을 맞이

---

* 토마스 머튼은 1915년 1월 31일 프랑스 프라데에서 태어났다. 머튼 가족은 1915년 8월에 미국 롱아일랜드 더글라스톤으로 이주했다.

하는 한, 물속이나 물 밖에서나 생물들이 춤추며 노래할 것입니다. 이리저리 오고 가는 바람 때문이었던지는 몰라도 오늘 그 시간에 청둥오리 떼들은 물가에 나란히 줄지어 앉아 있었습니다. 마치 해변에 정박해 있는 배들처럼, 때가 되면 금시라도 쏜살같이 물속으로 뛰어들어 저를 위한 무엇인가를 낚아채고자 하는 욕망을 바람에 날려 보냈는지 얌전히, 아주 얌전히 줄지어 앉아 있었습니다.

산마루에 도착했을 때 빗방울이 떨어지는 것 같았습니다. 그러나 내가 바라다보는 북동쪽 하늘에는 구름 떼 사이로 맑게 트인 드넓은 공간이 보였습니다. 오르느라 흘렸던 이마의 땀방울이 바람에 날려서 볼에 와 닿은 것이려니 했습니다.

"빈손이 일손입니다. 빈 가슴이 창조의 새 순간을 맞이할 가슴입니다. 놓으세요. 마음의 부담이 될 그 무엇으로부터도 물러설 수 있는 용기를 가지세요. 자유의 좌우 날개를 마음껏 펼치세요."

가파른 산길을 오르면서 글을 보았듯이 내려오는 길에도 글을 보면서 유유자적하고 싶었습니다. 그러나 가파른 산길을 내려오면서 글을 본다는 것은 결코 쉽지 않았습니다. 그때 한 생각이 스쳐갔습니다. 인생길도 이와 같을 거라고.

오르막이 힘들다고 할지라도 그 인생길에 할 수 있는 일, 더 잘할 수 있는 일들을 보다 더 열심히 그리고 정성스럽게 하며, 인생의 내리막길에서는 추스르면서 유유자적할 수 있도록, 그렇게 살 수 있도록 준비하는 생이 되었으면 하는 생각이었습니다. 바로 그 순간에 뒤늦게 핀 길섶의 취나물 꽃 몇 송이가 나의 발걸음을 멈추게 했습니다. 빛나는 별과 같이 반짝이듯이 미소 짓는 취나물 꽃을 바라보다가 엉거주춤 손 짚으며 앉게 된 자리에는 푹신하고 따스한 감촉의 낙엽이 바스락거리며 내 손바닥을 받아 주었습니다.

이제 또다시 내일을 위한 어둠이 내렸습니다. 달은 반달이고 밤바람은 싸늘합니다.

기도 2

골바람 일어나는 산골짜기에 세워진 어떤 수도회에
자애로운 기운이 휘돌아 부름받은 이들을 끌어안으니
기도 소리 불꽃 되어 가슴에서 가슴으로 퍼져 나갑니다.

어진 마음의 사람들에게나 그렇지 않은 사람들에게나 봄꽃들은
봄볕에 웃음을 선사하며 이 세상사에 희망으로 향하라고 온몸으로
외치는 하느님의 몸짓입니다.
대월이 찻잔에 잠기듯이 봄꽃 같은 님의 사랑에 젖어들 때면
공양하는 가난한 여인의 꺼지지 않는 등불 같은 마음으로
하늘과 땅에 충만한 신령스러운 생명의 꽃을 받습니다.

바람은
차고

오늘은 예절과 복음을 함께하는 시간이었습니다.

쉼 없이 쏟아내리는 가슴의 이야기는 하늘 바람을 타고 구천을 맴돌다가 되돌아와서는 납덩이처럼 가라앉아 더 깊게 똬리를 틉니다.

내가 길을 가면 함께 거닐고

내가 잠을 자면 함께 잠자고

내가 아파하면 함께 아파하고

내가 노래하면 함께 노래하고

내가 명상을 할 때면 함께 그렇게 하는

내 안의 그 님은 누구입니까?

잠이 무서리처럼 쏟아져 내립니다.

졸다가 다시 깨어나 정신을 가다듬습니다.

가슴이 에이고 졸이고 온몸이 부대끼는 상황을 견디어 내는 기다
림을 체험하고 있습니다.

자기 존중

진정한 자기 존중은 스스로에 대한 지배와 독립성으로부터 나옵니다.

바라다보이는 자기 자신보다도 바라다보는 자기 자신이 더 진솔한 자기다움에 가깝기 때문입니다.

남을 아는 것이 지혜라면
자기를 아는 것은 밝음입니다.
남을 이김이 힘 있음이라면
자기를 이김은 정말로 강함입니다.
-노자, 《도덕경》 제33장, 〈자기를 아는 것이 밝음〉 중에서

사랑의
위력

미루어오던 무언가를 늘 벼랑 끝에 선 듯한 때에야 하게 되는 버릇은 아직도 고치질 못했습니다. 흥겨운 놀이에 몰두했던 사랑받는 아이가 단잠을 자듯이, 덕지덕지 붙어 있는 납덩어리 같은 게으름을 떨쳐 버리고 일어나서 작업에 몰두하게 되는 것 그것은 정녕코 사랑의 위력임에 틀림없습니다.

'사랑의 위력'에 대한 어느 현자의 이런 글이 있습니다.

충분한 사랑이 있으면 어떤 어려움도 극복할 수 있습니다.

충분한 사랑이 있으면 어떤 병이든 고칠 수 있습니다.

충분한 사랑이 있으면 열지 못할 문이 없습니다.

충분한 사랑이 있으면 건너가지 못할 심연도 없습니다.

충분한 사랑이 있으면 헐어내지 못할 벽도 없습니다.

충분한 사랑이 있으면 갚지 못할 죄도 없습니다.

문제의 뿌리가 아무리 깊게 자리 잡고 있을지라도,

외견상 아무리 가망이 없는 것처럼 보일지라도,

아무리 일이 꼬여 있을지라도,

아무리 큰 실수를 저질렀을지라도 상관이 없습니다.

충분한 사랑을 깨달으면 모든 것은 해결됩니다.

충분히 사랑을 할 수만 있다면 당신은 이 세상에서

제일 행복하고 제일 힘 있는 사람이 될 수 있을 것입니다.

희망하는
존재

　좋아서 자발적으로 수도자의 길, 성직자의 길을 선택하면서부터 나는 내가 스스로 할 수 있는 일들로, 내가 책임질 수 있는 일들로 누군가가 대신 신경 쓰게 할 수 없고 그럴 필요도 없다고 생각하는 가치관을 가지고 있습니다. 오늘날까지 어떤 문제에 대하여 스스로 알아서 직면하고 고뇌하며 해결을 시도합니다.

　그러한 자신의 성향으로 말미암아 좀처럼 남에게 아쉬운 소리를 하지 않습니다. 부모 형제를 제외한 친지 친구나 친분 있는 분들이 "혹시 뭔가 필요한 것이 있느냐?"라고 물어 올 때면 나는 늘 "뭐 특별히 필요한 게 있겠습니까? 필요한 것은 이미 다 가지고 있습니다. 여하튼 감사합니다"라고 대답하며 살아왔습니다.

　자신의 신원에 대한 자의식에서 비롯된 위신이나 체면, 소속된 공동체에 대한 자존감이 누군가에게 아쉬운 소리를 하지 않고도 잘 살 수 있는 힘의 원천이었습니다.

세월이 흘러 무언가 독자적으로 창의적인 일을 해야겠다고 구상하던 어느 날부터 나는 협력자가 필요하다는 생각을 하게 되었습니다. 그래서 나 자신에게나 내가 하고자 하는 일에 있어서 무언가를 돕고자 하는 사람들에 대하여 다음과 같은 생각을 하게 됐습니다.

　　'그분들의 그러한 협력의 태도는 수도자요, 성직자로서의 나의 삶이 교회 공동체와 사회 안에서 사람들과 더불어 더욱더 아름답게 성장하고 보람되게 일하기를 기대하면서 그 길에 도움이 되어 주고 싶다는 뜻일 것이다.'

　　독창적인 일을 기획하여 추진하는 중에 물질적인 측면에서부터 정신적인 측면에 이르기까지 건강하게 주고받는 아름다운 인격적인 관계가 얼마나 쉽지 않은 일인가를 경험하면서, 때로는 사막을 횡단하는 심정이 되기도 하고 때로는 벼랑 끝을 넘나드는 갈등이나 폭풍우에 시달리는 돛단배와 같은 위험을 겪기도 합니다.

그러한 요인들은 내가 직접적으로 통제할 수 있는 영역에 위치할 때도 있지만, 영향을 겨우 조금 미칠 수 있을 뿐이거나 변화가 전혀 불가능한 상황이어서 마음의 기대치를 놓을 수밖에 없는 때도 있습니다.

존재의 짐을 지기도 전에 홍수에 휩쓸려 떠내려가는 듯한 존재의 고절에 홀로 머물러야 하는 처절한 순간들도 있습니다. 절대 침묵만이 참된 나를 대변할 수밖에 없는 상황에 직면하게 되는 때에 거짓과 진실의 심상을 안팎에서 만나기도 합니다.

그런 때는 참으로 고뇌스럽긴 하지만, 바로 그런 와중에 언제나 한결같이 나의 있는 그대로를 사랑하시기에 용서하시고 받아 주시는 하느님의 계획을 희미하게나마 다시 깨닫게 되고, 수도자요 성직자로서의 자신의 신원에 대한 재인식과 더불어 그것에서 비롯되는 자신의 길(소명)이 덧씌워진 멍에가 아니라 하느님의 계획에 따른 축복이요 은총의 길임을 새삼스럽게 인지하게 되고 감사드리게 됩니다.

우리가 우리의 보편성과 특이성을 통하여 서로에 대한 인식을 날로 더 새롭게 하고 앎의 폭을 넓혀갈 수 있게 하시니 감사합니다. 있는 그대로 자기 자신의 가슴을 드러낼 수 있도록 용기를 주셔서 감사합니다.

우리 안에 너무나도 많은 보화 같은 장점들이 있음을 아오니 이를 바로 알아차릴 수 있도록 우리의 마음의 눈을 밝혀주소서.

사도 바울은 "사랑은 모든 것을 덮어 주고 모든 것을 믿으며 모든 것을 바라고 모든 것을 견딘다"라고 말합니다.

이에 대한 예수님의 가르침 또한 잔잔한 여운이 남습니다.

"남이 너희에게 해 주기를 바라는 그대로 너희도 남에게 해 주어라."

−루카복음 6장 31절.

• 고린도전서 13장 7절.

마음의
열쇠 1

어떤 문제나 사건이 얽히고설키는 데 얼마간의 시간이 걸릴지 모르나 폭발은 한순간에 일어나는 것입니다. 바로 그 상황을 되돌리고 싶다거나 없었던 일로 여기고 싶은 것은 어디까지나 바람일 뿐입니다.

자연은 결코 똑같은 멜로디를 반복해서 연주하지 않습니다. 계절의 순환이 이루어지고 있다고 하지만 똑같은 생명 현상이 일어나는 것은 아니기 때문입니다. 현대 물리학에서 이야기하는 '시간의 주름"도 한 생명체 안에 일어나는 생명의 길을 거꾸로 향하게 할 수는 없지 않겠습니까?

• 시간과 공간을 주름처럼 접어서 순식간에 몇 광년씩 이동할 수 있다는 이론.

나는 폭발해 버릴 정도로 얽히고설킨 문제를 직면하게 될 때면 내가 지난 어느 날 태평양 연안에 위치한 자그마한 섬에서 섬으로 수영을 하다가 거의 탈진된 상태에서 조류의 변화로 인하여 망망대해로 떠내려가던 기억이 되살아납니다.

인간관계에서 불거져 나온 미묘한 감정으로 뒤얽히게 된 문제를 다시 잘 풀어낸다는 것은 크게 놓아 버리는 순수한 마음이란 열쇠 외에 어떤 것이 있겠습니까?

비록 문제가 발생한 그 당장에는 불가능하다고 할지라도 그 문제를 잘 풀어낼 수 있다는 것은 분명히 은혜로운 것입니다. 대인관계에 있어서 뿐만 아니라 사랑하는 사람들이 그 사랑의 회복을 진심으로 갈망한다면 누구라도 먼저 그 일을 시작할 수 있고, 또 시작해야 되겠지만 결코 한쪽의 의지나 노력만으로는 되지 않는다는 것을 압니다. 각자의 마음에 서로를 향한 신뢰와 불신, 수용과 비수용의 치열한 자기 내적 투쟁의 바탕에서 서로를 향한 신뢰와 수용의 에너지를 모을 수 있을 때 그 가능성의 문이 열리게 되지 않겠습니까?

신뢰하는 인간의 마음은 천상 에너지를 일으키는 발전기와 같습니다. 육체적·정신적으로 병들고 망가진 사람들의 간절한 소망에 대하여 "네 믿음이 너를 살렸다"라고 한 나자렛 예수의 말씀은 바로 그 자신 안에 스스로 성한 인간이 될 수 있는 엄청난 사랑의 에너지가 잠재되어 있다는 것을 자각하게 하는 깨우침입니다.

복음사가 요한은 "사랑 안에는 두려움이 없습니다. 오히려 완전한 사랑은 두려움을 내쫓습니다. 두려움은 벌을 생각하기 때문입니다. 두려워하는 이는 사랑에 완전하지 못합니다."*라고 합니다. 그런즉 사랑을 위한 신뢰는 곧 하늘의 선물이 아니겠습니까?

• 요한 4장 18절.

마음의
열쇠 2

마음의 길에 검은 의혹의 장애물이 나타나 마음의 빛을 가릴 때 산은 더 이상 산이 되지 못하고 물은 더 이상 물이 되지 못하더이다. 참사랑의 길이 그저 막막하기만 할 때 삶의 불꽃은 가물거리고 생명의 숨결은 천 길 만 길 벼랑 끝으로 밀려나는 듯 하였습니다. 그런 순간은 하늘이 내 가슴이라 할지라도 답답하긴 마찬가지요, 땅이 내 발판이라 할지라도 움치고 뛸 수 없기는 매한가지였습니다. 오죽하면 마음길을 서로 환하게 들여다볼 수 있고 보여 줄 수 있었으면 얼마나 좋을까 하는 우둔한 생각마저 일어나지 않았겠습니까?

풀리지 않는 의혹에 떠밀려 참담한 슬픔의 순간을 껴안고 돌아서야 하는 한 인간의 가슴에 번져 가는 빛깔을 보았습니까? 소용돌이치는 문제에 휩싸여 참된 자기 자신을 잃고 실상을 알아차리지 못할 만큼 거칠게 일어난 파도로 말미암아, 맑게 비추어 볼 수 없었던 의식으로 속 끓인 밤을 짐작하시겠습니까?

자신을 바라볼 수 있다는 것은 하나의 선물입니다. 감사와 사랑의 정서를 선사해야 할 때에 불유쾌한 감정의 찌꺼기를 마구 흘린 스스로를 알아차리게 되는 순간의 참담함과 숨길 수 없는 가슴을 바라보는 마음은 얼마나 고통인지요.

이해받지 못한 정서를 부둥켜안고 홀로 고뇌하며 돌아가야 했던 발걸음과 애타는 가슴으로 "어쩔거냐? 어쩔거냐? 이를 어쩔거냐?" 해 보지만 뾰족한 수가 없으니 어찌 서럽지 않겠습니까?

한겨울에 내려진 감옥의 철문같이 닫혀서 얼어붙은 가슴 향해 태양의 온기 같은 뜨거운 사랑으로 가야겠습니다. 호수의 물결을 일렁이게 하는 바람의 나래를 타고 소리 없는 음악이 되어 심장으로 향해야 되겠습니다. 그 심장의 고동 소리에 묻힌 마음으로 스며들어 장미꽃 향기 피어나는 사랑의 노래 부르러 가야겠습니다.

아! 마음의 문을 열고 고개를 내미는 순간 태양은 다시 함박웃음을 지으며 찬란히 빛납니다. 별들은 모차르트와 함께 우주적인 무도회를 펼칩니다. 화단의 초목들도 저마다의 빛깔과 향기로 사랑의 편지를 띄워 보냅니다. 이내 마음에도 사랑의 샘물이 용솟음칩니다. 환희와 기쁨으로 솟아오르는 물소리가 아름다운 가락이 될 때 산천 초목도 흥겨운 듯 파도처럼 출렁이며 춤을 춥니다.

자연의
이치 2

저마다 행한 일의 뒷모습을 바라보게 되는 가을입니다.
봄의 길목에서 맞이한 감쪽같은 꽃샘추위와
한여름의 무더위와 비바람 폭우를 버젓이 견디어 내고
마침내 곱게 물든 잎새들이 더없이 거룩하게 보입니다.

자연의 이치로 다가와 몸을 누이는 지평선처럼
가을 햇살에 익어 터지는 석류 같은 사랑을 부여안습니다.
동녘에 떠오르는 아침 햇살처럼 따뜻한 아버님의 기운을 느끼고
순응하는 중천의 달처럼 자애로운 어머님의 마음을 헤아립니다.

아침 햇살 같은 아버님과 중천의 달을 반기듯이 어머님을 모실 수
있다면

온 우주의 춤을 펼치게 할 하늘같이 넓은 푸른 빛 모시 치맛자락에
한 아름씩 황금빛 소국과 보랏빛 난초꽃을 안겨 드릴지니
태초의 울음소리 영혼의 춤으로 일어나게 하소서.

꽃봉오리와 꽃과 씨앗의 마음으로 염원하오니
헤아릴 길 없는 하늘의 은총을 가을바람처럼 쓸어안아
행하는 일로 복을 짓고 향하는 길에 신의 뜻을 이루소서.

인생의
흐름

산 사람은 모름지기 죽는다는 것을 명심할 필요가 있다.

지혜로운 사람은 마음이 초상집에 있고

어리석은 사람은 마음이 잔칫집에 있다.

어리석은 사람에게 찬양을 받는 것보다

지혜로운 사람에게 꾸지람을 듣는 것이 좋다.

아무리 지혜로워도 탐욕을 내면

어리석은 사람이 되고

뇌물을 받았다가는 망신을 당한다.

일을 시작할 때보다는 끝낼 때가 좋고

자신만만한 것보다는 참는 것이 좋다.

짜증을 부리며 조급하게 굴지 말라.

어리석은 사람이나 짜증을 부린다.

−전도서 7장

사랑의
삶

현상적으로 나날이 변하는 달의 모습은 인간의 사랑을 비추어 보게도 합니다. 하지만 우리 인간이 겉모습의 변화를 쫓아가는 때에도 달은 본래의 모습으로 제 길을 갑니다. 참사랑은 자기 자신을 하느님이 완전하신 것같이 완전해지기를 바랍니다.

"네 이웃을 네 자신처럼 사랑하라", "누가 자기 친구들을 위해서 목숨을 내놓는 것, 그보다 더 큰 사랑은 아무도 지니지 못합니다"라는 《성서》의 말씀과는 거리가 있습니다.

물질의 결핍에는 몸이 마르지만, 사랑의 결핍에는 혼이 마릅니다. 사랑의 결핍이나 혹은 조건이 달린 사랑이 발병과 무관하지 않듯이 무조건적인 사랑을 주기도 하고 받기도 하는 능력은 모든 치유와 결코 무관하지 않습니다.

사랑을 위한 삶은 그믐이나 초하루의 달처럼 보름달과 같지 않은 날에도 언제나 사랑으로 일어날 것입니다.

자유
의지

하루를 추스르게 되는 저녁, 몸이 나른하고 묵직하니 발걸음 옮기는 것도 귀찮았습니다. 그렇다고 자리 펴서 눕고 싶은 욕망에 떨어지고 싶지도 않았습니다. 망설임의 순간에 무암을 향한 등산길을 선택했습니다.

몇 번이나 돌아서고 싶은 충동을 짓눌러 밟으면서 정상까지 올라갔습니다. 무암에 이르러 합장할 때의 뿌듯한 느낌을 대신할 수 있는 것은 그리 많지 않으리라는 생각이 새삼스러웠습니다. 호수를 향한 바위 끝에 가부좌하고 앉아서 마음 모으는 순간부터 잠이 쏟아졌습니다.

하늘 호수에 떠 있는 듯한 물기 어린 반달의 빛을 받으면서 산을 내려오는 중에,

인간 존재의 불멸에 대한 신앙을 가졌던 러시아의 영화 감독 안드레이 타르코프스키가 한 말이 떠올랐습니다.

"우리는 스스로 영적으로 진보하기 위해 지상의 시간을 사용해야 한다", "예술가의 목적은 인간이 스스로 영적으로 진보하도록 돕는 것이다. 자기 자신의 자유 의지를 사용해서 자기 자신 위로 올라가도록 해야 한다".

저도 공감할 뿐만 아니라, 인간이 근본적으로 지향해야 할 영성이라고 봅니다.

늦은 밤에 맨발로 잔디를 밟으며 걸어 봅니다. 발바닥을 통하여 대지의 기운을 온몸으로 받아들이듯이 행복에 젖어드는 밤입니다.

끽다거

　카메라와 줌렌즈를 비롯하여 사진기 세트를 넣어둔 가방에 도널드 위니코트의 정신분석 책자와 작은 노트 한 권을 챙겨 넣으면서, '어쩌면 이렇게 근사할까? 이런 멋진 것과 더불어 나들이를 하게 되었구나'. 감탄하는 가슴으로 집을 나섰습니다.

　안전한 여행을 위한 기도로 시작된 우리 여정은 '샘문골'이라고도 하고, '새미골'이라고도 하고, 또 다른 이름으로도 불리는 곳으로 향합니다. 임진왜란 때 수난을 당했던 무명의 도공들의 혼이 어려 있다는 도요지인 경남 하동의 '새미골 가마'에서 막사발로 숭늉을 마시듯이 도공 장금정을 만나고, 400여 년 전의 것으로 추정되는 깨어진 막사발 잔해 더미를 보기도 하고 차도 대접받았습니다.

비구름으로 뒤덮인 지리산 자락의 화랑다농(花郎茶農)에서 주인장의 배려로 우리 일행들이 차밭에서 갓 따온 풋풋한 찻잎을 무쇠솥에서 덖고 비비는 등, 제다를 실습하여 만든 차를 우려 마셔 보기도 하고, 각자 필요한 대로 '우전(雨前)'이나 '세작(細雀)', '중작(中雀)' 등 차를 구입하기도 했습니다. 온몸이 땀으로 흠뻑 젖도록 온 정성을 다하여 제다하는 중에 나는 계절 따라 늘 새롭게 주어지는 이 세상이란 공간과 시간의 무쇠솥에서 우리 인생이 하늘의 맛과 향과 빛깔을 지니기 위하여 고통스럽게 덖어지고 곤욕스럽게 비벼지는 이치를 생각했습니다. 그리고 그러한 과정을 통하여 얻어진 그 결실에 대한 나눔의 기쁨과 즐거움은 정녕코 하늘의 선물이었습니다.

아침 겸 점심을 새미골 가마에서 먹고 전통 찻집 '끽다거'에서 시인 주인이 베푼 호의에 작은 글귀로 응답하였더니, 본인이 소장하고 있던 새미골 가마의 막사발 하나를 선물해 주셨습니다.

그 막사발은 사연이 있었는데, 수출하게 된 막사발 350개를 위한 나무 상자 제작을 주문하는 과정에서 견본으로 주어졌던 것이 어떻게 손에 들어오게 된 것이라고 합니다. 한사코 사양했으나 주인이 따로 있나 보다며 기어코 챙겨 주었습니다.

끽다거(喫茶去)

차향(茶香)이 좋다 하나
인향(人香)을 넘을 쏘냐
모암골서 만난 사람
'끽다거'라 하네

제다
길에

햇순따온 차밭에서 제다길에 마음여니

덖어지는 열기속에 인생고충 녹아들고

비벼지는 곤욕중에 맛과향을 더해가니

막사발로 다은인연 세월우려 마시겠네

방문

가톨릭대학 영성관에서 신학생들을 위한 4일간의 일정을 주님의 은총 가운데 성공적으로 잘 마무리 짓고 되돌아 내려오는 길에 김천에서 소식을 전할 수 있게 되었을 때는 밤 9시경이었습니다.

그때 나는 의지할 데 없이 홀로 외손자 하나 데리고 사시는 할머니 한 분을 막 찾아뵙고 나오는 길이었습니다.

전깃불이 있다는 것 외에는 내가 어린 시절에 본 가난의 기억이 되살아나게 하는 방에서 나를 위해 한결같이 기도하시는 기력이 쇠하시고 허리가 굽으신 할머니께 인사를 올리고 손을 마주 잡았습니다.

비록 길지 않은 만남이었지만 나는 울먹이시는 할머니의 이야기를 듣기도 하고 초등학교에 다닌다는 그 외손자의 볼을 쓰다듬기도 하고 이런저런 것을 물어보기도 했습니다. 그 소년의 외할아버지의 형님이 사제였으나 이미 오랜 세월 전에 세상을 떠나셨답니다. 그러니까 할머니는 그 신부의 제수씨였습니다.

참으로 오랜만에 찾아뵌 방문이었습니다. 금년 들어 그 할머니께서 나에게 몇 번 안부 전화를 했었지만 내 형편상 그동안 찾아뵈올 기회를 갖지 못했습니다.

마침 오늘 그곳을 지날 기회가 있어 연락도 없이 갑자기 들르게 된 방문이었던 것입니다.

하지만 언제나 반겨 맞을 가슴을 가지신 할머니에게는 그것이 전혀 문제가 되지 않는 듯했고, 나에게도 구질한 방안의 분위기나 이리저리 흩어져 널려 있는 옷가지들이나 가재도구 따위는 아무런 문제도 되지 않을 만큼 마음이 자유로울 수 있었습니다.

갈 길이 머니 이만 일어나야겠다며 일어서는데 그 할머니께서 '내려갈 여비'를 염려하셨습니다. 그분에게 드릴 수 있는 돈이 풍족하지 못하여 돌아서는 발걸음이 무거웠습니다.

돌아서 나오는 길에 그 옛날 내가 그곳에서 일하던 시절에 나를 성심껏 도와주던 한 부부의 가정에도 잠시 들렀습니다. 바로 그 부부가 나의 부탁으로 벌써 10여 년 전부터 관심을 가지고 때때로 그 할머니를 찾아뵙곤 하는 분들입니다.

"더위를 없앨 수는 없지만 덥다고 괴로워하는 이 마음을 없애면 몸은 항상 서늘한 누대에 있을 것이요, 가난을 쫓아버릴 수는 없되 가난을 근심하는 그 생각을 쫓아버리면 마음이 항상 안락한 집속에 살게 되리라."*

• 《채근담》, 도심 42장.

기도 3

지금 나의 마음은 새벽을 기다리는 아침 햇살이고 싶습니다. 새벽을 여는 빛살이 되어 꽃잎 안팎이 온통 검붉은 한 송이의 장미꽃과 같이 님을 만나고 싶습니다.

끝없는 기다림이 연못의 물처럼 에워쌀 때면 나는 바로 그 연못의 수면에 내리는 빛살이고 싶습니다. 그 연못의 한 송이 수련이 말없이 잠수하게 되는 그 마지막 순간까지 나는 황혼빛으로 달빛으로 별빛으로 그 꽃잎 위에 내리고 싶습니다.

우리가 나아갈 길은 언제나 아직까지 한 번도 가 보지 않은 미지의 세계로 통하는 길이라고 생각합니다. 다만 우리는 그 길을 조금씩이라도 비추어 볼 수 있는 작은 랜턴 같은, 우리가 경험한 사랑의 작은 체험을 가지고 있습니다.

비록 그것은 아직까지는 보잘것없을 만큼 작지만 우리에게는 세상의 그 어떤 것보다도 귀한 보물입니다. 그것은 바로 혼연의 정성을 쏟아 가꾸어 온 사랑의 체험이기 때문입니다. 더욱 성숙한 사랑을 위하여 다시금 마음의 토양을 기름지게 할 퇴비를 만들려고 합니다. 좋은 열정으로 향하는 일상이 사막의 기도이게 하고 싶습니다.

여러분은 진리에 순종함으로써

영혼을 깨끗해져 진실한 형제애를 실천하게 되었으니,

깨끗한 마음으로 서로 한결같이 사랑하십시오.

여러분은 썩어 없어지는 씨앗이 아니라 썩어 없어지지 않는 씨앗,

곧 살아 계시며 머물러 영원히 머물러 계시는 하느님의 말씀을 통하여

새로 태어났습니다.

"모든 인간은 풀과 같고

그 모든 영광은 풀꽃과 같다.

풀은 마르고

꽃은 떨어지지만

주님의 말씀은 영원히 머물러 계시다."(이사야 40, 6b-8)

바로 이 말씀이 여러분에게 전해진 복음입니다.

–1베드로 1장 22–25절

초월적
사랑

　누구나 자신의 인생을 책임성 있게 살고자 하는 것은 이 지상에서의 기본적인 권리요 의무이겠지요. 뿐만 아니라 자신의 건강한 욕구를 바람직하게 충족시키면서 끊임없이 성장하고 성숙하고자 하는 삶의 길을 위하여 그 무엇(특정한 시간이나 장소, 어떤 사람이나 일 등)을 지혜롭게 판단하고 결정하고 선택하는 것은 궁극적으로는 본인의 고유한 몫이겠지요. 어느 누구도 그 누군가의 호흡이나 먹고 싸는 것을 결코 대신해 줄 수 없듯이 말입니다.

　여기서 나는 그 모든 현상적인 것들과 전혀 무관하지 않으면서도 또한 꼭 그렇지만도 않은 '사랑'과 관련된 문제로 향하게 됩니다. 무엇이 진정한 사랑인가? 어떻게 하는 것이 진정한 사랑의 길로 향하는 것인가? 지금 여기에 이르는 순간부터 나의 가슴은 찢어지는 듯 아파옵니다.

아픔을 동반한 예리한 전율이 일어났다가는 사라지고 사라졌다가는 다시 일어납니다. 나는 지금 무엇을 하고 있는가? 누구에게 나의 무엇을 알리고 싶어 하는가? 나에게 어떻게 해 주기를 바라고 있는가? 스스로의 기대치에 온 정신을 다 쏟고 있는 까닭은 무엇인가?

나는 무엇이며 또 무엇이 아닌가? 나는 누구인가? 나에게 있어서 사랑의 길은 무엇인가? 지금까지의 나의 태도에 무엇이 진정한 사랑의 길에 걸림돌이 되었고 또 무엇이 오늘의 이런 가슴을 지닐 만큼 나를 온통 사로잡아 이끌어 가고 있는가? 환상인가? 실존적인 현상의 순수함인가?

황금을 정련하듯이 사랑을 정련할 용광로가 있다면 나는 그 용광로에 뛰어 들어가고 싶습니다. 나에 대한 그 님의 사랑을 위해서가 아니라 그 님에 대한 나의 사랑을 정화하기 위해서 말입니다.

나에 대한 그 님의 사랑은 언제 어디에서나 은혜로운 선물과 같다는 것을 알기에……. 그렇다고 내 마음에 일어나는 정서에 따라 나에 대한 그 님의 사랑에 안달복달하는 때가 없다는 말은 결코 아닙니다. 그렇게 되기에는 나의 사랑이 아직도 얼마나 미숙한 상태에 있는지 스스로도 조금은 압니다. 어찌 한 생을 살면서 초월적인 사랑의 자유를 바라지 않을 수 있겠습니까?

사랑의
깊이만큼이나

사랑의 깊이만큼이나 아픔이 깊어진다면,

아픔의 깊이만큼이나 사랑이 다시 깊어질 수도 있겠지요.

그믐밤, 캄캄한 어둠 속에 쏟아지는 별빛은 더욱 찬란하지요.

잔잔한 물결 위에 은파되어 일어나는 초사흘 달빛은 또 얼마나 신비로운가요.

그 보물들을 캐내고자 몇 번이나 성당에서 다시 마음을 모으려 했으나 잘 되지 않았습니다.

어둠 속을 윙윙거리며 달려드는 모기만이 활력이 넘치는 듯했습니다.

초사흘 달을 멍청히 바라보던 초저녁의 영상이 되살아날 때 사랑으로 다시 빛을 지녀갔으면 하는 바람을 가졌습니다.

치유하는
마음으로

우주적인 어머니께 포용되는 인간만이

신뢰받는 사랑으로 고리고리 연결되어

모름지기 순수하게 이치대로 살려하네

잃어버린 자기찾아 매서웁게 닦달할제

세월속에 묻힌아픔 치유하는 마음으로

어딘지도 모르면서 도로찾아 길나서네

쏟아지는 가을볕에 인연닿은 텃밭에서
물을주고 김을매는 농사거리 아니어도
토양에서 자란고추 무엇보다 풍요롭네

목소리로 찾지마소 이랑짖는 풍파속에
무상하고 덧없으니 영원한게 무엇이랴
진정성에 기댄마음 살길두고 갈길가네

"죽기 전에 죽으면 죽을 때 죽지 않는다."

홀로와
더불어

종신 서원*을 하게 될 대수련반 담당을 겸하고 있는 요즘입니다.

홀로와 더불어 수도원 공동체의 삶에 있어서 나의 시간이나 공간이라고 할 무엇에 연연하거나 집착할 수 없다는 이치는 어제 오늘의 현상이 아닙니다.

그렇다고 하더라도 요즘 들어 일어나는 고뇌할 상황들은 거칠게 밀려드는 파도와 같습니다. 오늘도 균형을 유지하려는 새로운 마음으로 의지의 돛을 펼칩니다.

살아 있는 메아리 같은 기꺼운 성탄을 위해 다시 스스로를 들여다봅니다. 소중하게 준비하고 시작하는 성탄 축하를 전하고 싶어서입니다.

• 선하고 훌륭하게 살겠다고 하느님께 기도하는 의식.

　따순 햇살 내린 양지 바른 언덕에 잠시 머문 바람결처럼 마음의
고요를 흔들어 소용돌이 속으로 잠수하는 정서를 불현듯이 알아차
립니다.

　"용쓰지 말자! 서두르지 말자! 물 흐르듯이 살자!"라고 주문한 자
신을 임진년 끝자락에서 다시 되돌아봅니다.
　수도서원과 사제서품의 경구로 선택했던 "진리가 너희를 자유롭
게 할 것이다"라는 말씀으로 스스로의 한계를 씻어 내립니다.

　할 수만 있으면 작은 공동체나 변방으로 나가 소박하게 살고 싶습
니다. 한 해를 마무리하는 때에 "서로 존경하기를 먼저 하고 육체나
품행상의 약점들을 지극한 인내로 참아 견디며, 서로 다투어 순종"
하라는 사부 성 베네딕도의 깨우침으로 자성합니다.

사랑으로 1

사랑! 사랑으로 사랑만이 모든 것을 극복할 수 있사오리다.

사랑 때문에 사랑으로 끝자리로 내려오셨던 님이시여.

사랑을 위하여 십자가상에 죽기까지 낮추신 님이시여.

비오니, 우리의 멍들고 찢어지고 죄스런 가슴까지 임하시옵소서.

사랑의 하느님이 아니 계시다면 삶은 무슨 의미가 있겠습니까.

"사랑은 모든 것을 덮어 주고 모든 것을 견디며

모든 것을 바라고 모든 것을 견딥니다."

자비로우신 나의 주님, 오늘도 사랑을 위한 날이 되게 하소서!

사랑으로 2

계절은 누가 알아주지 않아도 제 격에 맞는 당당함을 지니지만
사람은 사람으로 받아들여지지 않는 한 사람다울 수가 없습니다.
꽃은 아름답다고 말해 주지 않아도 어엿한 아름다움을 지켜가지만
사람은 남이 공감해 주지 않으면 자신의 고귀함이나 특이성을
아름답게 꽃피우기가 쉽지 않습니다.
우리는 서로가 서로의 의미여야 하고
서로가 서로의 사랑이어야 하고
서로가 서로를 위한 진솔한 삶이어야 합니다.
자신의 생명만큼이나 서로 사랑하는 사람들 사이에 끼어드는
눈덩이처럼 불어나는 의혹이나 고독이나 고통은
새 생명으로 부활할 십자가상의 죽음 같은 참사랑의 길,
무조건적인 사랑이 아니고서는 극복되지 못할지도 모르겠습니다.

4장

—

깨달음의 순간

스스로의
빛

세탁된 빨래를 건조기에 넣었습니다. 양손가락 끝으로 머리를 가볍게 툭툭 치면서 잔디 정원과 자갈길을 맨발로 거닐었습니다.

오후 산책길에 연못가에서 잠자리 한 마리를 보았습니다. 내가 어릴 때 흔하게 볼 수 있었던 그런 모양과 빛깔의 잠자리였습니다. 자색, 연자색, 홍자색의 다양한 꽃을 피우는 한 무더기의 수국이 잡목 사이에서 초롱초롱한 눈빛같이 꽃잎을 빛내면서 한낮의 태양 빛을 마음껏 받아들이고 있었습니다. 연일 내린 장맛비에 씻긴 앞뜰의 잔디는 녹빛으로 반짝이며 하늘거리고 있었습니다.

가장 밝은 곳이 가장 어두운 곳과 다를 바 없을 수 있나니, 그것은 스스로의 빛으로 보지 않고 외부의 조명에 현혹될 때입니다. 예컨 대, 누군가로부터 칭찬이나 찬양, 섬김이나 인정받기를 바라는 기대 가 맞아떨어질 때 그럴 수 있지 않겠습니까. 또한 가장 어두운 곳이 가장 밝은 곳과 다를 바 없을 수 있나니, 그것은 외부의 조명을 전혀 기대할 수도 없어서 스스로의 빛으로 보고자 할 수밖에 없는 때가 아니겠는가 합니다.

"그대가 만일 그대 자신을 단 한 순간만이라도 온전히 놓아 줄 수 만 있다면 그대는 모든 것을 다 얻을 수 있을 것이다."*

---

* 독일의 신비주의 사상가 마이스터 엑카르트의 말.

그대는 아는가

이성과 감성이 어울려 꽃피는 관계를 그대는 아는가?
진리와 거짓이 뒤섞인 인간의 굴레를 그대는 아는가?
꼴베는 소동의 꿈길이 열리는 현실을 그대는 아는가?

지나간 세월의 애달픈 사랑과 기도를 그대는 아는가?
그네로 담밖을 넘보던 시절의 설렘을 그대는 아는가?
기와도 폭풍에 시달려 힘없이 낡음을 그대는 아는가?

은닉한 보석이 하늘을 가리는 이치를 그대는 아는가?
돌보는 마음에 어둠이 내리는 슬픔을 그대는 아는가?
다도나 선도를 이루는 물같은 세월을 그대는 아는가?

도리에 눈뜨고 매력에 눈머는 얘기를 그대는 아는가?
운명을 하나로 옷깃을 적시는 이슬을 그대는 아는가?
현상에 가려진 진상을 구하는 마음을 그대는 아는가?

비상한 선율로 도취된 가슴의 연꽃을 그대는 아는가?
상봉한 인연의 경계가 현생을 건넘을 그대는 아는가?
수의를 걸치는 날에도 진정한 만남을 그대는 아는가?

실의에 떨어진 때에도 구하는 사랑을 그대는 아는가?
고집도 심술도 의혹도 녹이는 사랑을 그대는 아는가?
한밤에 일어나 별빛을 향하는 사랑을 그대는 아는가?

존재 자체와
존재의 한계

존재 자체에 슬픔이 묻어 나온 날
껍데기에 대하여 다시 만난 날

현상적인 매력에 위축된 날
비교되는 능력으로 아파한 날

실존적인 삶을 직면하게 된 날
진상을 위하여 고뇌한 날

넘어서서 향하기 힘들었던 날
존재의 한계에 어리석음을 택한 날

번뇌

하루종일 허리가 아프도록 흙일을 했으니 잠이 쏟아질 텐데도 또다시 한밤중에 잠에서 깨어난 것이다. 연 삼일을 밤 한두 시경에 잠이 깨다니, 참 이상도 하여라. 지진이라도 일어나 내 잠자리를 뒤흔들었더란 말인가? 천둥이라도 쳤더란 말인가? 새벽이 되기도 전에, 한밤중에 잠에서 깨어나다니, 길몽과 악몽, 악몽과 길몽이 교차되다니, 참 이상도 하여라.

달이 흘러간다. 먹구름 강을 넘나들며.
바람이 분다. 창틈으로 끼어드는 요란한 소리.
시계를 올려다본다. 밤 1시 40분에 나를 본다.

도덕경

남을 아는 것이 지혜라면,

자기를 아는 것은 밝음입니다.

남을 이김이 힘 있음이라면,

자기를 이김은 정말로 강함입니다.

족하기를 아는 것이 부함입니다.

강행하는 것이 뜻 있음입니다.

제자리를 잃지 않음이 영원입니다.

죽으나 멸망하지 않는 것이 수(壽)를 누리는 것입니다.

知人者는 智하나 自知者는 明하며
지인자　　지　　자지자　　명

勝人者는 有力하나 自勝者는 强이다.
승인자　　유력　　자승자　　강

知足者는 富하나 强行者는 有志하며
지족자　　부　　강행자　　유지

不失基所者는 久요 死而不亡者는 壽니라.
부실기소자　　구　　사이불망자　　수

−노자, 《도덕경》 33장, 〈자기를 아는 것이 밝음〉 중에서

백아와
종자기

오늘은 이른 아침부터 '백아'와 '종자기'의 이야기를 회상해 봅니다.

중국 전국 시대 때 초(楚)나라 태생인 유백아(俞伯牙)에게는 성연자(成連子)라는 스승이 있었습니다. 스승 성연자는 제자인 백아에게 수년 동안 음악 기초를 배우게 했습니다. 그런 다음 그를 태산으로 데리고 올라가서 해와 달이 뜨고 지는 우주의 장관을 보여 주었습니다. 또한 봉래(蓬萊)의 해안으로 데리고 가서는 거센 비바람과 휘몰아치는 도도한 파도를 보게 하고 바다와 비바람 소리도 듣게 했습니다.

그리하여 백아는 대자연이 어울려 화합하는 음성과 신비하고 조화된 자연의 음악을 터득하게 되었고, 훗날 저 위대한 금곡(琴曲)인 〈천풍조(天風操)〉와 〈수선조(水仙操)〉를 완성할 수 있게 되었다고 합니다.

백아는 진나라에 가서 대부(大夫)의 봉작을 받기도 했지만, 그의 금예(琴藝)가 도달한 참된 경지를 알아주는 사람을 만나지는 못했습니다. 진나라에서 20여 년의 세월을 보낸 후에 고국에 돌아와 음악의 진경을 터득케 해 준 스승 성연자를 찾아갔습니다. 자신의 음악을 헤아릴 수 있는 유일한 스승은 세상을 떠나시고 고금일장(古琴一張)만 유언으로 남아 백아를 맞아 주었습니다.

백아는 몹시 상심하여 강을 따라 배를 저어 갔습니다. 갈대꽃이 만발한 강기슭에 배를 대고 뱃전에 걸터앉아 탄식 어린 거문고 한 곡을 탄주했습니다. 그때 어디선가 바람결에 유백아가 뜯는 거문고의 탄식에 맞추어 어떤 사람의 탄식 소리가 들려왔습니다. 백아 앞에 나타난 사람은 땔나무를 해 팔면서 사는 가난한 나무꾼이었습니다. 그는 땔나무를 하기 위해 산천을 다니며 평생을 사노라 자연의 음성과 자연과 교감하는 음악의 참된 경지를 들을 줄 아는 종자기(鐘子期)란 사람이었습니다.

백아는 수십 년 만에 비로소 자신의 음악을 제대로 들을 줄 아는 사람을 만난지라, 거문고 줄을 가다듬고 아끼는 〈수선조〉 한 곡을 뜯었습니다. 백아가 〈수선조〉를 다 뜯고 나자, 종자기는 "참으로 훌륭합니다. 도도한 파도는 바람에 휘말려, 넘실거리며 흘러가고 있군요"라고 경탄했습니다.

　자신의 음악을 제대로 알아주는 데 놀란 백아는 다시 〈천풍조〉를 뜯기 시작했습니다. 종자기는 〈천풍조〉를 다 감상하고 나서 "장엄하기 그지없군요. 가슴속엔 해와 달을 거두어들이고, 발아래는 무수한 별무리를 밟고 서 있습니다. 높으나 높은 상상봉에 의연하고 도도하게 서 있군요"라고 말했다고 합니다. 두 사람은 그렇게 더 이상 말없이 서로를 느끼고 교감하게 되는 오직 한 사람을 만나게 되었다고 합니다.

　다음 해에 다시 만나기로 약속한 유백아가 종자기를 찾아갔으나, 종자기는 병들어 죽고 없었습니다. 종자기의 무덤 앞에서 통곡한 백아는 칼을 들어 거문고 줄을 끊어버렸다고 합니다. 자신의 음악을 알아주는 오직 한 사람, 종자기가 없는 세상에서 다시 거문고를 뜯어 무엇하느냐고 백아는 슬퍼했다는 것입니다.

우리 집 정원 성모상 옆에는 고목이 된 백일홍 나무가 있습니다. 몇 년 전에 잔디를 태우던 불길에 휩싸여 원 둥치는 고사목이 되었으나 그 밑둥에서 새순이 돋아나 자라고 있습니다. 올해는 벌써부터 그 곁가지에 연홍빛 꽃이 피기 시작했습니다. 뿌리가 튼튼하니 해가 거듭될수록 꽃이 점점 더 많이 피어날 것입니다.

여름에는 여름이고 싶고 겨울에는 겨울이고 싶고 봄이나 가을에는 봄이나 가을이고 싶습니다. 바람이 되기도 하고 구름이 되기도 하고 파도가 되기도 하고 물이 아니면서도 넉넉히 목을 축일 수 있는 고운 아침 햇살이고 싶은 아침입니다. 그 고운 아침 햇살 받아 반짝이는 풀 이슬이고 싶은 아침입니다.

그냥
빛이어라

잠에서 깨어났을 때는 새벽 4시였습니다. 유리창으로 쏟아져 내리는 달빛 향해 창가로 갔습니다. 앞뜰에 흐릿하게 흘러내리는 빛을 따라 고개를 드니, 눈물 머금은 눈동자 같은 달이 구름 사이로 흐르고 있었습니다.

그 달 뒤좇아 저만큼 떨어진 거리에 서서 동행하는 별 하나가 구름 한 점 없는 하늘 호수에서 유난히도 초롱초롱한 빛을 발하고 있었습니다. 어깨 나란히 하고 빛을 발하는 그 달이나 그 별에게 있어서 현상적인 차이는 아무런 문제가 되지 않듯이, 서로를 향하여 반짝이고 있었습니다.

소슬한 바람결에 실려 온 풍경 소리가 마음에 내릴 때 일어난 메아리 같은 소리는 "두레 우물 같은 마음에 내리는 달빛이고 별빛이어라" 하는 것이었습니다.

새로 선택한
십자가

오직 자신만이 남달리 큰 고통을 끝도 없이 당하는 불운과 역경의 길에 놓여 있다고 늘 한탄하는 사람이 있었습니다.

이 사람이 어느 날 밤 꿈에 하느님을 찾아가서 불평을 했습니다.

자신의 십자가가 너무 무거워 도저히 감당해 낼 수 없으니 남들의 십자가처럼 가볍고 덜 힘든 것으로 바꾸어 달라고 했습니다.

하느님께서 쾌히 허락하셨습니다. 세상 사람들만큼이나 많은 십자가 중에서 본인이 원하는 대로 다시 골라 가지게 됐습니다.

여러 가지 십자가를 들었다 놓았다 하며 고르고 고른 끝에 마침내 하나를 선택했습니다. 하느님께 이것이면 괜찮겠다고 아뢰었습니다.

하느님께서도 쾌히 허락하셨습니다.

그 사람은 자신이 새로 선택한 그 십자가를 지고 기분 좋게 하느님 앞에서 물러났습니다. 돌아오다가 우물가 쉼터에서 자신의 십자가를 다시 이리저리 살펴보았습니다. 그는 깜짝 놀랐습니다.

자신이 스스로 새로 선택한 그 십자가는 자신이 지고 갔던 종전의 그 십자가와 똑같은 십자가였다는 것입니다.

세 개의
촛불

이른 아침, 아름다운 새들의 노랫소리에 잠에서 깨어났습니다. 너무나 오랜만에 듣는 듯한 새들의 노랫소리에 잠에서 깨어나 맑은 정신으로 다시 단꿈에 젖어듭니다. 어둠이 내린 저녁에 창밖에서 들려오는 여러 가지 풀벌레들의 노랫소리를 듣습니다. 풀벌레들의 노랫소리가 들려오는 성당의 성모자상 앞에서 무릎을 꿇습니다.

아기 예수를 안고 있는 성모상을 바라보며 스스로를 돌이켜봅니다. 얼마간의 시간이 흐르도록 무심히 바라보노라니 개구쟁이 같던 아기 예수는 천진난만한 아기 예수로, 애수 띤 성모의 얼굴은 잔잔한 미소를 머금은 얼굴로 변화되어 갑니다.

상징과 실상 앞에서 타오르는 세 개의 촛불은 사랑의 기도입니다.

이 밤에 들려오는 풀벌레들의 노랫소리도 촛불처럼 하늘을 향하는 합송기도가 됩니다. 뭔가로 인해 고통 받는 사람들과 상처 입은 뭇 사람들의 마음에 치유의 은총이 내리기를 간청하는 밤에 인위와 무위자연이 함께 어우러집니다.

기도밖에 할 수 없는 이때에, 기도 중에 함께 하는 자애로우신 성모님의 전구*를 통하여 하느님의 사랑이 늘 함께 하시길 간구합니다. 어느덧 잔잔한 미소 띤 모습으로 나를 바라보는 성모상 앞에 무릎 꿇고 있듯이 점점 더 자신의 마음을 낮춥니다.

* 나를 대신하여 다른 사람이 은혜를 구함.

자신의
삶

　우리 각자는 자기 식으로 보고 듣습니다. 자신에게 보인 상에 영향을 받기도 하고, 자신에게 들려오는 소리에 영향을 받기도 합니다. 그 보고 들은 것들이 내면의 상을 이루고 내면의 북소리가 될 때면 세상의 시각이나 소리는 잘 들리지 않을 수도 있습니다. 사랑으로 길들여진 눈과 귀는 그 사랑의 상과 그 사랑의 북소리에 민감하게 따릅니다.

　그 누군가로부터 '내가 삶을 헛산 것 같다'는 이야기를 듣게 되었을 때 그 마음이 어떠했을까? 이제라도 자신의 내면에 귀 기울이는 그 누군가의 태도를 직면하게 될 때 그 어떠한 변화에도 관계없이 자신의 삶을 살 줄 아는 바로 그 사람은 행복한 것입니다.

천 년의
기도

촛불이 밝혀지고 기도 소리 일어나니
고요한 호수에 한 점 바람이 내립니다.

무심한 물결에 빛살이 반사되듯이
빗장을 걷어내는 가슴에 파문이 일어납니다.

떠도는 구름에도 노을빛이 머물 듯이
외로움에 젖은 기다림이 얼굴을 씻습니다.

함께 사는 아픔이 파도처럼 구르고
무릎 꿇어 향하는 삶에 노래가 흐릅니다.

천 년의 기도 소리가 메아리로 돌아오니
또다시 빛이 어둠을 하나로 포용합니다.

공동체

누님 수녀 있는 곳에 이르러 대문으로 다가가서 초인종을 누르니 큰 대문이 열리고 정원이 들여다보였습니다. 누님 수녀를 만나고 어제 저녁부터 오늘 아침까지 짧은 시간 동안에 많은 것을 느꼈습니다.

누님과 함께 사는 사람들이 행복해하는 모습들, 신뢰와 존경의 태도들, 그리고 나를 반기는 진솔한 태도들을 보고 우리 누님을 사랑하시는 주님께 감사드리는 마음과 그 선한 공동체에 축복을 기원하였습니다.

누님과 함께 숙모님을 방문했을 때나, 오늘 고향의 고모들을 찾아뵈었을 때나, 동생들을 만날 때나, 그리고 비 내리는 부모님의 산소에서 막내 동생과 함께 나란히 서서 기도를 드릴 때나, 가까스로 이곳 나의 처소가 있는 곳으로 돌아오는 늦은 열차를 탈 수 있게 되었을 때나, 함께하신 주님께 감사하였습니다.

나의 여행이 끝나는 시점에서 알베르 카뮈의 말이 떠올랐습니다.

"우리들 생의 저녁에 이르면 우리는 이웃을 얼마나 사랑했는가를
두고 심판받을 것이다."

다시 몰입하기
위하여

여러 날에 걸친 고된 일 뒤끝이면 다시 스스로의 일에 몰입하기 위하여 의식적으로 흙 작업부터 시작합니다. 뜸 들이는 시간 다음에야 비로소 책상 앞에서 지극히 순수하고 부드러운 기운으로 작업을 시작하게 됩니다. 급히 처리해야 될 일들로부터 마음의 정성을 다 모아 하고픈 작업에 이르기까지 노래에 젖어들듯이, 춤에 몰두하듯이, 스스로의 일에 몰입하게 됩니다. 그것은 혼과 혼이 만나는 길입니다. 그것은 기쁨의 길입니다. 그것은 기도의 길입니다. 그것은 생명을 위한 사랑의 길입니다.

어둠이 휘장처럼 드리워진 시간에 함께 생활하는 형제와 녹차를 나누어 마셨습니다. 우리는 아주 흡족한 기분으로 몇 마디의 이야기를 주고받았습니다. 그 차에서는 인정 어린 향과 빛깔과 맛이 배어났습니다.

열사흘 달빛이 고요히 내리는 밤에 하얀 고무신을 신고 잔디밭을 거닐며 묵주기도를 합니다. 너무나 멀리 있어 작게, 아주 작게, 그러나 영롱하게 빛나는 별들이 달빛에 아랑곳하지 않고 누군가를 향하여 반짝이고 있습니다. 나는 마음의 창공에 밤낮없이 떠 있는 소중한 별 하나를 향하는 기도로 시공을 넘습니다.

달빛이 해안선의 은파처럼 내릴 때 고무신과 양말을 벗어 놓고 맨발로 잔디밭을 거닙니다. 달빛 아래 하얀 맨발이 풀 이슬에 젖어들 때면 발바닥에서 머리끝으로 향하는 싸늘한 기운은 영혼의 얼굴을 씻어 냅니다.

맨발로 느끼는 땅의 체온은 땅 스스로 창조에 이바지하게 하는 하느님의 선물입니다. 어머니의 가슴으로 다가오는 땅의 생명력이 어떤 곳에서는 싸늘한 기운으로, 또 어떤 곳에서는 따스한 기운으로 느껴집니다.

내 가슴에 일어나는 기운이 기러기처럼 님 향하여 날아오르는 밤입니다.

되울리는
숨결

능선아래 검은산은 老신처럼 앉아있고
　　　　　　　　　노

태고적의 푸른꿈은 신비롭게 일어나니

어둠속에 하늘땅이 합일하는 그순간에

바람결에 메아린양 되울리는 숨결이여

열린영혼 드러남은 실올같이 은근하고

속마음도 겉마음도 차림새가 貴人일세
　　　　　　　　　　　　귀인

물러섬과 나아감이 하나임을 깨닫듯이

변함없는 무심으로 行功중에 배워가네
　　　　　　　　　행공

촛불밝힌 시공간에 달이뜨고 밤깊으니

화선지에 풍경인양 그리듯이 앞산보니

여명으로 물러서는 보일듯한 어둠속에

예술가가 조각하듯 眞我찾아 지새우네
　　　　　　　　　진아

겉사람에 낭비하는 바보짓을 그만두니

얽매임은 사라지고 타오르는 불꽃으로

고통속에 묻힌보물 진리찾는 광맥이고

쌓을수록 참사랑은 長衫속에 바람일세
　　　　　　　　　장삼

단식

'맑은 마음'에서 길어 올리는 한 바가지의 물로 답답함과 목마름을 넉넉히 풀고 싶습니다. 건너지 못할 바다가 어디며, 오르지 못할 산이 어디련가? 모르는 문제가 아니라 스스로 알아차린 문제는 이미 그 문제를 넘어서는 길 위에 있는 것입니다. 깨우침으로 새날에 새 정신으로 거듭나는 아침입니다.

지난밤은 갔습니다. 나를 이끌어 새로운 날로 향하게 하고는 말없이 갔습니다.

홀로 귀 기울이는 가슴에 깊고 깊은 계곡 넘어 아스라이 먼 하늘 산 돌아오는 메아리처럼 되살아납니다.

새벽녘의 신비스러운 빛 가운데 자신의 삶에 정성스러운 염려가 이렇듯이 장중한 무게로 다가온 것도 예전에 없던 일이라는 생각으로 정신을 날 세우기 시작했습니다.

긴장이 풀릴 대로 풀린 태도로 인생 여정에서 건져 올릴 수 있는 것이 뭐겠는가? 어정쩡하게 시작하게 된 이번 단식을 철저하게 해야 겠다는 불꽃 같은 의지가 일어나는 아침입니다. 스스로를 다스려야 겠다는 푸른 의지로 냉수욕을 했습니다.

씻어서 식초 물에 담갔다가 다시 헹궈 둔 포도가 생각났습니다. 무엇을 위한 것인가? 스스로의 몸과 마음과 영혼이 시퍼렇게 되살아 나게 할 수 없는 일이라면 애당초 모든 것을 그만두느니만 못하리라 는 생각으로 스스로를 추스르는 아침은 정녕코 선물입니다.

머리에서
가슴으로

언덕배기 한편에 자리 잡고 있는 정원의 가장 키가 큰 상수리나무도 이제는 누렇게 물든 잎새들을 내려놓고 있습니다. 언덕 아래에 위치하여 이제사 비로소 절정을 이룬 뜰의 단풍나무들은 누군가의 가슴에 핏빛 지녀 사는 이야기를 떠올리게 합니다. 사철 푸른 관목들 위에 내려앉는 뜰의 다채로운 낙엽은 발길 머무르게 하는 태양빛의 여운으로 다가옵니다. 머리에서 가슴으로 가는 항해에 다시 또다시 닻을 올립니다.

채마밭에서 열무, 배추, 갓, 비타민, 케일 등과 언덕 오르는 길에 옆으로 스치는 보리수나무 한 그루, 아직 싱그러운 초록빛 잎새들로 인하여 겨울을 거쳐서 봄의 꽃과 여름의 열매를 그려보게 하는 부활의 상징이 가슴에 일어났습니다. 몹시 아리고 시린 가슴 자리로 시간의 채증이 풀리듯이 뜨거운 기운이 솟아 내립니다.

꿈은 잠결에만 꾸는 것이 아닙니다. 듣는 자리로, 부는 자리로, 영상은 이어지고, 한 생각이 빗방울로, 개울물로, 시냇물로, 장강을 이루듯이 불어나 깊은 강으로 흐릅니다.

기쁨과 기도와 감사의 자리가 어디인지 잘 알면서도 모르는 듯이 행하는 삶의 태도는 벗어 놓고, 껍질에서 나와 비상하는 자유로운 신뢰와 사랑으로 새로운 세계를 향하는 아침 햇살이고 싶습니다.

아름다움이
세상을 구하리라

도스토예프스키는 《백치》라는 작품에서

"아름다움이 세상을 구하리라"라고 말합니다.

스스로를 바라보게 하는 말씀이 있어 옮깁니다.

족함을 알면 욕됨이 없고

멈출 줄 알면 위태롭지 않습니다.

-노자, 《도덕경》 44장 중에서

족함을 아는 자는 항상 만족합니다.

사람은 남에게 요구함이 없으면 스스로 높은 품위에 이릅니다.

참으로 감사할 몫이 많음을 압니다.

존재의
뿌리

잎새에 물빛으로 흐르는 아침 햇살 너머로 새들의 소리가 애틋한 아침입니다.

노르베르트 베버 아빠스님이 말하는 '고요한 아침의 나라'가 새삼 그리운 때입니다. "검은 옷 긴 수염의 독일 선교사, 백 년 전 한국과 사랑에 빠지다"라는 표현은 바로 그분을 가리킵니다. 그분의 한국인과 한반도에 대한 사랑의 정서적인 단면은 이렇습니다.

"한국인은 꿈꾸는 사람이다. 그들은 자연을 꿈꾸듯 응시하며 몇 시간이고 홀로 앉아 있을 수 있다. 산마루에 진달래꽃 불타는 봄이면 그들은 지칠 줄 모르고 진달래꽃을 응시할 줄 안다.

잘 자란 어린 모(벼)가, 연두빛 고운 비단 천을 펼친 듯 물 위로 고개를 살랑인다. 색이 나날이 짙어진다. 한국인은 먼 산 엷은 푸른빛에 눈길을 멈추고 차마 딴 데로 돌리지 못한다. 그들이 길가에 핀 꽃을 주시하면 꽃과 하나가 된다.

한국인은 이 모든 것 앞에서 다만 고요할 뿐이다."

추석, 한가위 명절이 목전에 다가왔습니다. "누렇게 익은 들녘 풍작을 보니 모든 것이 새로 나고 맛난 것들일세. 다만 원컨대, 한 해 먹을 것이 더도 말고 덜도 말고 오늘과 같은 한가위만 같아라"라고 한 조선 후기 문인 유만공의 심상을 그려 봅니다.

더없이 소중한 홀로이면서 더불어 아름다운 사람들이 잠시나마 존재의 자리로 깊이 서로를 바라보게 하는 기묘한 어울림의 때입니다. 고운 정이나 미운 정을 넘어 생명 있는 모든 존재의 밑뿌리를 비춰보게 하는 절기입니다.

열정적으로 자유로움을 추구하던 지난날들이 아득하게 느껴지는 순간이 있습니다. 무엇을 하느라고 여지껏 흘러왔는지 다 헤아려지지 않지만, 나이가 들면서 점점 더 유유자적하지 못하는 현재의 실상을 직시합니다.

박경리 유고 시집 《버리고 갈 것만 남아서 참 홀가분하다》를 보던 때의 기억입니다. 보다가 모순되게도 홀가분하지 못하고 늘어지게 머물렀던 〈한〉이란 시가 있습니다.

마음의 상처는
삶의 본질과 닿아 있기 때문일까
그것을 한이라 하는가
－박경리, 〈한〉, 《버리고 갈 것만 남아서 참 홀가분하다》, 마로니에북스, 2008

체념과 받아들임의
서로 다른 태도

모든 것을 체념한다는 것은 운명에 굴복하는 것이지만
모든 것을 받아들인다는 것은 하느님을 의지하는 것이다.

체념은 공허 속에 자신을 내맡기는 것이지만
자신과 타인을 받아들이는 것은 하느님의 뜻에 자신을 맡기는 것
이다.

체념은 "나는 절대로 할 수 없어"라는 고집과
"나는 더 이상 어쩔 수 없어"라는 도피지만
받아들임은 "하느님의 뜻이면 된다"는 신념이다.

체념은 인생을 무기력하게 만들지만
받아들임은 생활 안에 새로운 창조를 이룬다.

체념은 "이제 모든 것이 끝장이야"라는 한탄이지만

받아들임은 "문제가 있지만 해결할 길이 있을 거야" 하는 기대다.

체념은 "나는, 내 친구는, 내 동료는, 내 배우자는,

내 자식들은 어찌 이 모양일까?" 하는 불만과 비난이지만

받아들임은 "이런 나, 이런 내 친구, 이런 내 동료, 이런 내 배우자,

이런 내 자식들을 통하여 하느님께서 무엇인가 이루시기를 원하

신다"라는 신앙이다.

진리가 너희를
자유롭게 하리라

"진리가 너희를 자유롭게 하리라"라는 말씀과 함께 "하느님의 자비에 대해 절대로 실망하지 말라"라는 말씀을 마치 깊고 깊은 두레 우물에서 물을 길어 올려 마시듯이 되새겨 봅니다. 무지개 꿈의 나래를 펼치며 비상하던 그때의 영상이 펼쳐집니다.

주님께서 말씀하신다.
"오너라, 우리 시비를 가려보자.
너희의 죄가 진홍빛 같아도 눈같이 희어지고
다홍같이 붉어도 양털같이 되리라."
– 이사야 1장 18절

사랑의 기운이 봄볕처럼 따사롭길.

사랑의 기쁨이 꽃잎처럼 피어나길.

사랑의 기도가 샘물처럼 솟아오르길.

사랑의 마음에 하느님이 미소 지으시길.

흙 묻은 수선화
한 송이

    사랑이신 주님! 수선화, 진달래, 개나리, 동백꽃 그리고 화사하게 만발한 벚꽃의 이름으로 인사드리며 감사하는 마음 더불어 안부를 전합니다.

    엊그저께는 비가 내렸고 어제는 구름 긴 하루였고 오늘은 맑은 햇살 쏟아져 내렸습니다. 정원에 수선화 한 송이 비바람에 쓰러진 후 묻은 흙의 무게를 못 이겨 맑게 갠 날에도 일어서지 못하고 있습니다.

    차마 그냥 모른 척 할 수 없어서 조루에 물을 떠서 조심스럽게 꽃잎에 묻은 흙을 씻어 주었습니다. 고개 쳐들고 좋아하는 듯한 그 한 송이의 수선화에는 당신의 자비로운 손길을 기다리는 나 자신의 애틋한 갈망이 어리어 있었습니다. 비록 묻었던 흙의 자국이 여전히 조금은 남아 있었지만 바람결에 하늘거리며 고맙다고 인사하는 그 순간에는 그런 것은 더 이상 아무런 문제도 되지 않았습니다. 그 순간 봄볕에 훈훈해진 바람 한 줄기가 우리를 감싸 주었습니다.

주님, 당신은 내가 인생살이의 비바람에 쓰러져 일어서지 못할 때, 내가 그 한 송이의 꽃에 묻은 흙덩어리들을 씻어 내어 일으켜 세워 주었듯이 나를 일으켜 세워 주신다는 것을 압니다. 하지만 막상 그런 순간에는 애석하게도 제가 그러한 당신의 마음을 제대로 헤아리지 못하고 문제도 안 되는 문제 속에 파묻혀 있는 경우가 많다는 것도 보통으로는 뒤늦게 알아차리게 됩니다.

맹목적인 몸부림의 상태에서 깨어나는 순간인 양 말입니다. 돌이켜 보면 당신은 내가 스스로 변화하려 애쓰기 전부터 내 됨됨이를 알고 계시기에 언제나 먼저 손써 주셨습니다. 그것은 실패를 두려워하지 않는 님의 창조적인 사랑의 길인가 봅니다.

오늘 이렇게 당신 앞에 나를 불러 세우신 것은 당신 친히 내 마음에 생기를 더하고자 하시는 당신 사랑의 계획임을 다시금 생각하게 됩니다. 물이 흐른 후에 생긴 물길마냥 우리가 서로를 향하는 길에 생겨나는 사연들이 그림자처럼 뒤따릅니다.

마음에 드는 순간뿐만이 아니라 그렇지 않은 순간에도 서로를 격려하고 용기를 북돋아 줄 수 있게 됨은 바로 당신의 숨결이 우리의 마음 길에 내리는 까닭인가 합니다. 스스로를 변화시켜 가는 가운데 새롭게 눈뜨게 되는 새로운 발견은 헌신적인 사랑과 배려입니다. 잊고 있던 그것을 되찾는 순간, 그 순간을 영원이게 하는 소중한 님의 사랑을 만납니다.

　일생을 통하여 고뇌하며 몸부림쳐 온 노력이 그 한순간에 충만하게 됩니다. 서로의 용기를 북돋아 주고 활력을 더해 주는 사랑 가운데 스스로를 변화시키는 바로 그 순간부터 말입니다.

　"남을 이롭게 하는 것이 실로 저를 이롭게 하는 바탕이다"라고 하셨던 옛 사람들의 말씀을 생각하노라면, 당신을 기쁘게 해 드린다거나 당신의 마음에 들도록 나의 무엇인가를 점점 더 좋게 바꾸어 가는 것이 결국 진정으로 스스로를 진실하게 사랑하는 지름길이라는 것도 깨닫습니다. 나를 있는 그대로 사랑하시는 당신은 누구이십니까?

참으로 놀라운 당신! 당신은 당신의 마음에 들도록 나의 무엇인가를 변화시킬 수 있는 용기도 주십니다. 마음으로부터 깨달아 살아가는 삶이 찬미와 감사와 영광 드리는 삶이 되게 축복해 주십니다.

그래서 이따금씩은 "이웃을 네 몸 같이 사랑하라"라고 말씀하신 주님의 그 말씀의 의미를 헤아리며 흙 묻은 수선화 한 송이를 일으켜 세웠던 자신의 모습 너머로 당신의 얼굴을 만나는 행운에 이 마음 설렙니다. 주님의 자애로운 마음을 향하는 스스로를 바라봅니다. 감사합니다. 주님!

눈물로 씻어 낸 가슴에는 새로운 꽃이 피어나리

성 베네딕도회 왜관 수도원 폴리카르포 신부님 묵상, 무심의 다스림

초판 1쇄 발행 2022년 11월 2일
초판 2쇄 발행 2023년 2월 1일

지은이·김종필 폴리카르포 신부
펴낸이·박영미
펴낸곳·포르체

출판신고·2020년 7월 20일 제2020–000103호
전화·02–6083–0128 | 팩스·02–6008–0126 | 이메일·porchetogo@gmail.com
포스트·https://m.post.naver.com/porche_book
인스타그램·www.instagram.com/porche_book

ⓒ 김종필(저작권자와 맺은 특약에 따라 검인을 생략합니다)
ISBN 979-11- 92730-02-8 (03810)

여러분의 소중한 원고를 보내주세요.
porchetogo@gmail.com